在印度，
听见一片寂静

黄志群·著/摄影

中国青年出版社

平静从我开始……

在阅读中疗愈·在疗愈中成长
READING & HEALING & GROWING

图书在版编目（CIP）数据

在印度，听见一片寂静 / 黄志群 著 .-- 北京：
中国青年出版社，2016.2
ISBN：978-7-5153-4063-0

I. ①在… II. ①黄… III. ①游记－作品集－中国－当代 IV. ① I267.4

中国版本图书馆 CIP 数据核字（2016）第 025062 号

在印度，听见一片寂静
Copyright © 2014 黄志群
远见天下文化出版有限公司
中文简体字版权 © 中国青年出版社 2016
版权所有，翻印必究
北京市版权局著作权登记号：图字 01-2016-0570

在印度，听见一片寂静
作　　者：黄志群
责任编辑：吕　娜　李璐依

出版发行：中国青年出版社
经　　销：新华书店
印　　刷：三河市君旺印务有限公司
开　　本：880×1230 1/32 开
版　　次：2016 年 02 月北京第 1 版　2017 年 09 月河北第 2 次印刷
印　　张：8.125
字　　数：120 千字
定　　价：38.00 元
中国青年出版社 网址：www.cyp.com.cn
地址：北京市东城区东四 12 条 21 号
电话：010-57350346（编辑部）；010-57350370（门市）

印度,是极端的!

有些人去了一次,就永远不想再去。

有一种人,去了一次,终其一生,一次又一次地常常回去。

世间有许多不平等，有人叱咤一世，有人贱微一生，
只有死亡，对每个人都平等。
但，生命从哪里来？又到哪里去呢？

我不能教你如何听,如何看,如何感受,
我只是告诉你,打开耳朵,打开眼睛,打开你的心,打开你自己。
放下过去、现在、未来,一个片刻接一个片刻地真实活在当下。

考山路的喧嚣与庄严可以并存,
行脚托钵僧的道场与红尘若即若离,
彼此同在,却也不觉背离妨碍。

在长时间云脚中,心渐渐安于当下步履,
十几天后演出《听海之心》,
这批继承的团员,开始创造出属于他们的《听海之心》了。

如果它是神圣的,万事万物都应该是神圣的。
如果它不是神圣的,那么,万有一切都将平凡无奇。

站在蜿蜒的恒河边,
从上游到下游,从宗教到生活,
一一俱现生命的众多面相。
人的一生就在恒河里浓缩示现……

目 录

001 \ 自序　　　生命的养分
005 \ 推荐序　　一名探寻者的印度之旅 / 张德芬
009 \ 推荐序　　一个行者的直参自述 / 林谷芳

013 \ 听到印度

021 \ 遇见云游师傅

031 \ 活在当下

041 \ 你从哪里来?

055 \ 菩提迦耶

071 \ 带优人去印度

081＼头脑停止了

089＼木栅 老泉山

109＼重回印度

139＼变成一只鹳

169＼空爱不二

207＼优人传承

219＼再见印度

自序

生命的养分

如果旅行是一个人一辈子的养分,那么印度的旅行,于我,就是生命的精神食粮了。

年轻时,不论工作、巡演,还是自助旅行,我去过很多地方……危地马拉的蒂卡尔、捷克的布拉格、法国的巴黎、非洲马拉维的苍茫荒原、约旦的沙漠等奇风异景之地。但唯有印度,却直指生命。

至今仍然不明,为什么世界上会有这么一个地方,对于生命的超越仍然如此地热衷?即使在现今的印度,赶不上现在的潮流,但她的精神却是前卫的精神食粮,她一直都如此。从古时起,其思潮便传播到中国、东南亚、欧洲,远至印度尼西亚的婆罗浮屠、巴厘岛,近代则影响美国的嬉皮、披头士……

印度总会让人对生命产生反思和体验文化冲击,虽然脏乱、失序、扰攘、贫穷,但却可以诞生出精美的艺术、高层次的思维状态、强烈的反差和强烈的思索!也正因如此,佛才会在印度出世,泰戈尔才会写出超越世情、充满爱的篇章吧。也许,很多的不凡,是在矛盾和冲突的交织中,才能升华出来的。

泰戈尔的《吉檀迦利》中有句咏唱，给予人深思："旅客要在每一个生人门口敲叩，才能敲到自己的家门；人要在外面到处漂流，最后才能走到最深的内殿。"

这句话如同这20年来进出印度最好的诠释，书稿完成时，当时的诸般感受和体会都一一浮现眼前。并且，再活一次。

我本无写书之意，因自认还在路上，更遑论立论立言之德，自量尚远矣。2012年重返印度，本想直奔菩提迦耶精进修法和修身养性。因为车票的关系，却回到久违的瓦拉纳西，竟发觉景色、人物仿如昨日般熟悉。心中多有感触，于是拿起手机，就只是随意记录、随意捕捉当时的神情风采。

印度的精彩，怎么拍都好看！

常常在不经意间或回眸时，却发现那人那景怎么如此有味道！也突然发现，原来摄影者亦须活在当下，以契入当下此刻所发生之事，往往猛然发现的瞬间，按下快门，就是最好的。生命不正是如此吗？思虑绝处，往往就是最美的风光啊！

年底，"表演36房"为多彩的印度办了小小的摄影展。开幕讲座时，我侃侃而谈在印度的一些经历和旧时光。结束后，出版社的编辑口头邀约说："出本书吧。"以为她随口说说，我也就随口说好，没想到，她是认真的！

我只好以"分享"的心情，惶然地写下 20 年来的诸多故事和生命的流转。

修行之渊深广博，不论禅之简，密之繁，当下虽是我切入之要，但以求索而言，又怎可以当下而概括之？茶入于道，成茶道；入于花，成花道；入于剑，有剑道。道入于一切而无碍，明了每行每门皆有其道。艺术于我，就如化生命之体会于作品中。不求多，只求有一二个作品留于世，给后世之继承者，作借鉴，作翻越之用。

艺术的高度，来自生命的高度。艺术虽然必须得在技术上琢磨锻炼，但却又须超然脱之，因此，行脚参访、旅行，就成了闭门造车之外的必要体验。而印度，正是一个颠覆常人价值观与世情的地方，我每次去，如果时间够长，心境上总有层层推进攀越的感觉。

印度，是一个人一生中，值得去一次的地方。当你身处此地，她会一而再再而三地显示给你看：生命何其矛盾与荒谬！也许，第一次我们会深深思索，生命，到底是怎么一回事；也许，深思中，会有一番翻转。

修行的道路渊博，总不离就地品尝。

这本书的付梓，感谢汝汶的整理；感谢林怀民老师在我第一次赴印度时，赞助旅费；感谢林谷芳老师道艺的拈提，那段跟他上课的日子,让我识得门内风光;感谢刘若瑀,我的妻子,包容我一切的一切。

　　还有一个人要感谢!虽然我不知道他在哪里,就是第一次去印度遇见的云游师父,我修行上的第一个指引者,谨以此书献给他!

推荐序

一名探寻者的印度之旅 / 张德芬

读了阿禅老师（黄志群）的这本书，有极大的惊喜。阿禅老师在我心目中，是一名优秀的舞者（原来台湾90年代初云门舞集的表演者），也是一名杰出的鼓手（他的鼓打得令人浑然忘我，声声入心），亦是一名创作者（优人神鼓音乐总监），但是这本书，泄露了他真正的身份——一名生命的探寻者。

书中记载了他多次云游印度的行脚游踪，但是其实是他多次了解体验生命的过程。这不禁让我想到自己身处的修行圈，很多人一有什么体悟就说自己悟道了，可是阿禅老师作为一名艺术工作者，他不谈什么悟道不悟道，只是如实地记载自己如何在云游师父的提点下，蓦然了知何为"活在当下"的实相，并且能够把自己的体悟运用在创作中，改变了优人神鼓这个艺术团体的基调和体质，才获得今天极为难得的认可与成就。

阿禅老师心性非常纯良简单，但是感情却相当丰富，他的文笔顺畅流利，又充满激情与真挚，他的书我也是一口气读完不能停歇。这本看似游记的个人行脚，却是一本最为贴近个人生活的探索指南。我不得不说，我一边看，一边赞叹，也佩服老师的"如实"和真诚。他只是娓娓道来他的经历，没有用任何专有名词。但是我知道，他的拙火（在尾椎的昆达里尼的能量）已经自发性地开启了，而且修行人梦寐以求的明点他也体验了，七轮中脉也在"与鹳合一"的经验后打通。而他只是如实地描述，把这些过程当作寻常故事一样和读者分享，没有用任何宗教修行的术语和专有名词，但是我一看就懂，觉得称羡不已。

信手拈来他的一段文字和大家分享：

"每天总有发现的惊喜！发现身边的小花小草，一树一木，乃至天地的宽广，都似乎跟自己有关联，感觉他们好像在跟你说话。最让我惊讶的是，当我仔细专心、警觉地观看一个事物时，不但看到事物本身，也同时看见自己。以及，另有一只眼睛，同时看见两者。我感觉到我存在，我在这里，就在这里！真实的存在！立于天地之间而存在！不独立于外物之外，而与万物一起，清楚分明的共同存在感。这真是难以用文字语言形容的奇妙感觉。"

看了以后是不是会艳羡他的经历？书中这样的例子不少。从深切地体会到什么是万物合一、活在当下，看到自己醒着做梦，发现自己天使和魔鬼并存的特质，头脑的停止，无梦无念的睡眠，到最后他观察一只鹳，然后自己变成鹳、融入鹳，与鹳合而为一，达到身语意完全合一的状态，阿禅老师描述的生动有趣，实在让人读来爱不释手,读者们自己去体会吧。

与鹳合一之后,阿禅老师开启了写诗的功能,写了很多非常有禅意的诗和家人以及团员朋友们分享,也十分隽永而耐人寻味。我最喜欢这一首:

自古云天不共

风雨不从

回望自处

阔如天地同

书中阿禅老师也分享了他旅途中随手携带的几本书的阅读心得,包括我很熟悉的有关葛吉夫先生的著作《探索奇迹》,以及《六祖坛经》。阿禅老师一路旅行一路参读,然后用很浅显的语言表达他对两本奇书的理解,令人心领神会。经过他的阐释,再去读这两本深奥的书,就不会那么困难了。

旅程中阿禅老师一直日夜练功打坐,未曾懈怠。虽然他说,如果不明了打坐的目的,很可能会流于枯禅,但是显然在云游师父的指点下,他的打坐功效显著。有一天,在恒河边聆听游唱诗人的沧桑嗓音时,他从歌颂恒河与湿婆的歌声中感悟到"空""爱"不二,空就是爱,爱就是空的无二无别。很多灵修的人嘴上很会说这些(包括我自己),但是像阿禅老师这样一步一步地实践、修炼,真正体会、体验到这般境地的,还是为数不多。

而最重要的是，阿禅老师最后把他的所有体会，实际应用到优人神鼓的作品创作和演员训练上，让人更加了解优人神鼓所有作品背后深邃的含义和辛苦的累积。难怪他们的演出会如此地震慑人心，原来是以禅定为训练基础、以爱为表演本质的"道艺合一"，而背后，竟是超过十年的修炼功夫啊。

总之，这是一本内容极其丰富的书，图文并茂，读来令人开心满足。它既可以作为旅游印度行脚游踪的最佳指南，也有因阿禅老师细腻的观察体会，而记载下来很多非常暖心感人的小故事（如二十多年只做一件事的卖茶人、印度车站的有趣见闻经历和来自中国大陆和尚的故事，等等），还有阿禅老师追随林谷芳老师浸濡于禅的世界，以及对于几本深奥奇书的读后心得与分享。书中也述说了优人神鼓一些作品创作的心路历程。最后，在有七个小孩的印度邻居成日号啕嘶吼和隔壁施工敲打墙壁的"应援"之下，阿禅老师再度体悟谛听十方而心不动的禅定功夫。

一个美丽的终结。

推荐序

一个行者的直参自述 / 林谷芳

修行是"化抽象哲理为具体证悟之事"。这"化",是"历程",它在诸法中原有其一定的次第或境界,但其中之转折进出却又因每个人的因缘性情而有不同。

正因修行是生命如实的境界翻转,正因这修行进程上的同与不同,于是,行者的修证之路乃成为学人最好的参照。在此,于理、于事皆好借鉴勘验,既能少为眼瞒,也裨益坚固道心。

然而,修证之路却往往不好去写,乃至不能写。不能写,是因内证经验何止有许多地方难以用文字描述,它甚至"言语道断,心行处灭"。而不好去写,则因行者若理未通达,执虚为实,以假为真,乃误尽苍生,更何况,在此又多魔假为道,以遂其私欲者。

既有此长短之两端,学人以之参照乃不可不慎。这慎,一在理上须具备通达,以理观事,就不致为相所惑;一在事上须如实勘验,这事,指写者之生命映现,若不识其人,其说法就只能先为参考,毕竟真假难辨。所以,祖师行仪乃成为学人最可靠之切入,因他们的如法成就已有定论,远如六祖慧能、密勒日巴,中如憨山德清,近如虚云和尚皆有较清晰之行仪传世，有心者固可从此入，具只眼者于修行关键处常也能因此多有获益。

志群此书，是少见的行者参证自述之书。作为行者，志群并非已入宗匠之林，坦白说，将历程直接公诸于世，确有其"剑刃上行，冰凌上走，稍一放浪，即丧身失命"的危险。但好在，内证的世界读者固难直接勘验，他却是以"道艺锻炼"为落点的优剧场艺术总监，这总监不只策划，掌其大局，除写曲，他更直接成为台上表演的灵魂，而这表演，却又不是一般的表演，是需要有其定力，有其观照，有其两刃相交之试炼的。

正因这试炼，许多人对他有清晰的印象，也不免好奇他因何至此，而这书，正解答了这个问题，提供了勘验之机。原来，核心在修行，这修行并不空洞、不虚幻，它历历如绘、履齿斑斑。

能历历如绘、履齿斑斑，来自行者的如实。而能如实，则须对死生困顿之解决有迫切感，方不致雾里看花，隔靴搔痒，尽在虚幻中呓语，乃至为功名利养而诳言。

能历历如绘、履齿斑斑，也须有殊胜的因缘。这因缘，有时因事、有时因地、有时因人，正因如此，行者才能走上真正的向道之路，真正的实参实修，乃至真正的境界翻转。

这因缘，人人不同，在志群，则是印度。

坦白说，印度何止是中国人难以理解的国度，它更是世情难以解析的地方，原因无它，正因超越，生命的超越是这文明始终如一的落点，这特质很特殊，也因此，对它，要不就格格不入，要不就身心翻转。

这身心翻转，有人一门直入，有人遍历诸法，志群从门外入门内，非一师带领，固有从人触发者，更多的却在自省自参，但无论是师是己，印度却是他契入一大事因缘的关键，于是，他乃次次入印，将所参所印写入此书。

这书——一个学人、一个行者的参证自述，里边有人、有事、有地、有入、有出、有迷惘、有翻转，所历清晰，恰可为学人观，而志群在此，除行者之直参可给予一般只谈理论者触动外，他与多数学人较不一样的修行公案则是道艺一体，更为那些虽富于生命性情，却又常拘泥于此生命性情的艺术家们提供了一种修行的实践参照。

严格说，由于是行者直参的自述，也由于志群本身的生命特质与独特历程，本书里的着墨乃不显其次第与全面，学人看此，亦不能执一为全，死于句下。而对志群而言，在事之修炼外，相关理的通透及理事之无碍，也必然是往后在修行路中更须时时映照于心的。

听到印度

印度,是极端的!
有些人去了一次,就永远不想再去。
有一种人,去了一次,终其一生,一次又一次地常常回去。

印度，是一个让人对世界、生命、生活反思的地方。

你无法以常理和文明度量；不管你喜欢与否，你改变不了她，但印度会改变你对世界、生命、生活的价值观念和看法。

你可能第一次想到，关于自己。

第一次听到印度，是在新疆的喀什，在布满葡萄藤的茶几下，两位衣衫褴褛、风尘仆仆、全身晒得黝黑的旅人，他们从印度到伊朗、阿富汗、巴基斯坦，穿过中巴公路，经过慕士塔格雪山和喀拉库勒湖，来到古丝绸路的必经之地，帕米尔高原的明珠——喀什。

当我好奇询问印度的种种时，他们双眼闪烁着光芒。

"印度……"，其中一位旅人喝了一口茶，点了一支烟，嘴角边泛起淡淡却蕴含无限滋味和回忆的笑意。

"印度是一个让人猜不透的地方，以文明的眼光，难以揭开她神秘的面纱……"，另一位旅人插话，"而且……"，他欲语又止。沉默了一会，另一位旅人补了一句："了解印度最好的方式，就是自己去亲身经历，除此之外，说什么都是多余。"

我继续追问如何去印度的一些信息和需要注意的事情之后，心想，这么一个令人难以预料的地方，真该亲自去一趟。

喀什的旅行，在内地刚开放探亲不久，我本就向往边疆大漠的风情，为了准备这次的旅行，读了不少有关丝绸之路的著作，在千年古都西安短暂一瞥之后，丝绸之路的旅行继续。在充满伊斯兰风情的边陲之地，喀什，遇见了两位壮游南亚大陆的旅人，开启了我对印度的向往。

脑海中顿时浮现了许多关于印度的吉光片羽。

记忆所及，印象最深刻的，算是童年时光……

童年的吉光片羽

我出生于马来西亚怡保市（马来西亚霹雳州首府），家位于山脚下。那时，刚退休的外公，从日理万机的生活回到宁静的小镇，整日赋闲。对面是印度人的小区，可能是某种对印度人的偏见，例如贫穷，以及文化上的隔阂，通常甚少往来，只知道印度人喜欢养牛羊，每天早上总看到印度人放牛去吃草，日落前把成群的牛赶回家。

不知何时，外公闲得无聊，就到几步之遥的印度小区，交了不少印度朋友，也常常喝得烂醉而归。偶尔会骂人！有一天，他在几分醉意之下，把我带到到院中，说："来，我教你打拳！"随即比划了几招，我就模仿他的动作，不敢不从。

"看清楚没有？"

通常他比划了两三回合之后，便回到客厅醉倒在地上了。

后来喜欢拳术，可能多少来自外公的影响。念初中时，便加入怡保中国精武体育会，正式拜师学武。

约莫过了一两年这样的时光，有一天一位印度人来家里，我很惊讶外公竟然可以用一口流利的印度语和对方交谈!

后来搬了家,隔壁就是一户印度家庭,印象中那户印度人家里的大姐,常常煎烤一种叫 Chapati 的饼。有一次,烤饼的香味让我目不转睛盯着还在发出吱吱作响的 Chapati,看我垂涎欲滴的样子,那位印度姐姐就送了两张饼给我,不久之后,我们就成了很好的朋友。

有一天晚上,她的弟弟突发奇想,连哄带骗得把我带到一座正在举行印度仪式的庙宇。只记得,我们排在长长的信徒队伍的最后,终于来到祭司面前,祭司念了几句咒语,示意我把舌头伸出来,然后用一种三叉戟的法器冷不防地戳刺而过,又迅速以一种香灰粉末涂抹在舌头上。过程中没有痛感也没有流血,我只是惊讶和不可置信地瞪大眼睛。

成长过程中还有一些对印度的记忆,诸如每逢大宝森节(Thaipusam),印度人整日游行,在跳动的鼓乐伴奏下,赫然可见以很多钩子穿刺过背部薄薄的皮肤,拉着一台神轿前进的人,或是脸颊、舌头上刺穿着长长的铁器人,以近似苦行的方式庆祝庆典。不知是赎罪?清除烦恼?还是对未知力量的虔诚奉献?

除了电视上载歌载舞的印度电影之外,童年时光目睹的印度印象,基本上是骇人的!同时,也难以理解。

一个猜不透的地方

"印度是一个让人猜不透的地方,以文明的眼光,难以揭开她神秘的面纱……"这句话让我兴起探秘印度的冲动。

丝绸之路后的第二年,在尼泊尔的加德满都询问去印度的可能性。

"除非,你参加旅行团,一天150美金。"

顿时让我咋舌,对一个不甚富裕的年轻人而言,除了价格昂贵,我并不想被所谓的旅行团捆绑住行程,走马看花地啜饮印度风采;而应该以自助旅行的方式,去体验桎梏以外的自由,探索神秘的更大可能性。

我没有参加昂贵的旅行团,但我却在杜尔巴广场、四眼天神庙、帕坦和巴克塔布的寺庙,窥见印度的遗迹。

不知是否是命运使然,某个晚上,在加德满都的塔美尔(Thamel)区,我遇见昔日在喀什的葡萄藤下相谈甚欢的其中一位旅人,相逢方知有缘,这样的相遇比莫逆更莫逆,没有约定,却在世界的某一角落不期而遇。心里同时响起一句话:"你怎么在这里!"

"难忘印度,我又去了一次。"他说。

"有些人去了一次,就永远不想再去。有一种人,去了一次,终其一生,便一次又一次地常常回去。印度,是极端的!"

他说"回去"这句话时,让人觉得生命中似乎失去了什么,或流落异乡多年的游子,回到故乡的感觉,更好像有某种特殊的意义似的。

"相较而言，加德满都像天堂一般，如果你是从印度旅行到这里；如果你不曾旅行过印度，你体会不到加德满都如天堂般的感觉。但是……"他沉默了一会，以坚定的口吻说："加德满都没有印度精彩！"

再一次，让我觉得印度这个地方，怎会分裂的如此极端。相较于加德满都，如果印度是地狱般的感受，那为何又如此精彩？这更加深了一探印度究竟的驱使力。

清晨的考山路

回到台湾，我已打算规划去印度旅行，也搜集和拜读了很多生涩难懂的资料。包括印度的神话、文化、哲学和宗教。

在云门舞集跳完了下一季的舞蹈作品和巡回之后，临行前，林怀民老师多给了我一万元。

"够不够？"他问说。

"够，够！"我说，心中带着莫大的感激，对于一个穷酸的年轻人来说，当时的一万块，已经可以支撑两个月的生活费了。我也想起有一次，林老师从印度旅行回来，我迫不及待地向他请教。长长的谈话后，最后他说，"人的一生中，一定要去一趟印度！"他接着说，"你只有去，才会知道。"

经多方打听，去印度最省钱的旅行方式，就是取道曼谷，转机到加尔各答。

我在曼谷的考山路（Khao San Rd.）住了几天。那一带是背包客云集之地，便宜的食宿和机票都可以张罗，也是夜市购物的天堂。中午之后，这里捉奸开始热闹滚滚，酒吧的狂欢和摇滚乐的重低音响彻通宵。破晓时分，倒是难得的清静，托钵僧赤脚行走其间，挨家挨户托钵化缘，让我惊讶这样天壤之别的落差和矛盾。

这条街不长，另一端是单帮客、妓女、走私和贩卖毒品的区域，另一端，则有一座寺庙。

等待去印度的前一天，我信步走进寺庙。内殿的墙壁四周，绘制了佛陀一生的壁画。小时候，我看过叙述佛陀的电影和故事，也大致知道佛陀的一生，但总觉得佛陀的一生像古代的神话故事。

在寺庙的壁画里，我在其中一幅图像前驻足良久。这幅壁画描摹的是宫女、舞女和乐师倒在地上，衣衫不整、残羹冷炙、杯酒盘碟散落一地，正是笙歌热舞、酒酣欢愉之后的景象，而画中出离前的佛陀，目睹这样的景观，独自皱着眉头深思。画的一角，是佛陀的妻子摩耶夫人和刚出生没多久的罗睺罗，母子二人酣睡的模样。

我大略知道故事往后的发展。但是，皱眉的佛陀此刻的心理状态到底是什么样的千丝万缕呢？看过的所有佛像，都是庄严神圣无比，但皱着眉、闷闷不乐、苦苦思索的佛陀，倒是第一次看到。

我驻足良久，停在这幅画前，陷入一种思索。

此刻的佛陀，到底是什么样的一种心理状态，使他后来决定弃王位，抛家出离。

那天晚上的笙歌酒酣之后，他，看见了什么？

这幅壁画，似乎悄悄地在心里埋下启示的种子。

清晨的考山路，宁静而清闲，托钵僧行脚化缘，庄严而持；而中午之后，重低音的狂歌酣饮，通宵达旦。考山路，是否也正如当年佛陀皱眉时，轻轻一瞥的景象重演？

他，到底看见了什么？

遇见云游师父

他指着桌上的糖罐说:"你说的静坐,只在罐子外面打转,"
接着抓起一把糖继续说:"里面的糖,你还没尝到!"

启程去印度前,和优剧场的刘若瑀谈好,一两个月的旅程结束后,回到台湾,我们计划出有关击鼓的作品。但在飞往加尔各答途中,心中却隐约觉得,有些"什么事"会在前方等着发生。

尽管准备的旅费不甚充裕,但我觉得还是不确定归期,不要让自己有确实的归期。

加尔各答的萨德街,是背包客聚散之地,残破而垃圾满地的街道,混杂着各种交通工具,人力车、脚踏车、英式的旧款汽车、电动三轮车等,拥挤的街道偶尔还有牛与人车争道。印度人喜欢鸣喇叭,刺耳和高分贝的声音总是不绝于耳。如果没有练就"听而不闻"的功夫,我想,在印度是很难生活下来的。

通常,晚上九点以后,嘈杂沸腾的声音就会逐渐平息下来。

除了牛与人车交杂的情况之外,清晨时分,整个印度还没动起来之前,也会偶然地看见牧羊人赶着上百只的羊群,穿梭街巷的奇景。

第一次到印度的旅人,一定不会错过印度教的圣城,恒河流经的瓦拉纳西(Varanasi)。我买了二等卧铺的火车票。

离火车站约两公里,蜂拥的人群步履匆匆,手上提拎着,头上也顶了两三件,甚至四五件的行李,往火车站的方向前行,成千上万如蚁行的人群,扬起了一股巨大的尘沙,弥漫数千米之远,乍看之下,似乎是电影中常看到的灾难片,逃难时的壮观场景,又像战后的硝烟漫漫。

偌大的车站大厅,地上、走道上净是坐着、躺卧着的人,昏暗的光线下，更显得吓人！我只记得问清楚等火车的月台后，穿梭过一群躺卧的人，才走到候车的月台。而长长的月台上，除了人之外，还有牛、猴子、老鼠，以及成群的鸟，吱喳地不停争鸣。

当火车缓缓驶进月台时，全车站的人突然间从各个角落蜂拥而出，群拥而上，只见成群的人在争先恐后地挤进那道只容一人出入的窄门。约莫三四十节车厢，我的车厢在哪里？我要如何找到我的位子？惶恐中我急抓住一个人问，他指了指月台的另一端，示意在那边，我快步走过去后，更茫然了，这么多车厢，看起来都一样，到底是哪一个呢？正焦急、茫然无措之际，突然间一个年轻人一把抓住我的手快速地带我穿过拥挤人群，把我带到一节车厢前，手比了比，示意这就是我的车厢，然后头也不回地消失在人群中。生怕火车马上就要启动，还来不及和他说声谢谢，就急匆匆地钻进车厢里了。

惊魂未定坐下后，心中升起一股感谢又感动的情绪，像是溺水无助时被人猛然拉上岸的庆幸感。

车厢里挤满了人，空气中弥漫着一股强烈刺鼻、属于印度的味道，车窗被铁条封住，乍看犹如囚禁人犯的牢笼。

火车开动后，车厢里不时有人叫卖着热茶、矿泉水和零食，甚至不时有人打扫车厢。卖茶人一手提着茶壶，另一手则是一摞陶制茶杯，陶杯看起来有种原始不加修饰的粗犷美感，而夜风越来越寒凉，又经历了找寻位子的心理搏斗，此刻正好喝杯茶，慰劳自己。陶土捏造的茶杯，好看又有拙意，卖茶人会不会收回去呢？正思索间，邻座一位男子，把喝完的茶杯，随手扔到窗外去了！陶杯碎裂的声音犹如心也被打碎一样，错愕吃惊又叫人不忍。我往四周观察，发现所有喝完茶的印度人，无一例外把茶杯往外丢弃，毫不犹豫，毫不心软！

"这是个不能以常理度量的地方！"

我们可以不加思索地把丑陋的事物随手弃置于地，但对于美丽事物，是不是也可以随时丢弃，毫不犹豫，毫不心软？

我也试着把陶杯扔向车外，碎裂的清脆让我再次心碎……

第二天中午，火车横跨一座大铁桥，桥下是一条宽广绵长的河，啊，这应该就是恒河！瓦拉纳西应在不远处了！

火车刚在月台停妥，只见成群人潮顷刻间蜂拥而上，你死我活地疯狂地抢着挤进窄门，下车的人群也急着挤出车厢，谁也不让谁。忽然间，吆喝谩骂声此起彼伏，我生怕火车很快开走，下一站也许是一两百千米之外了，心急地也在上下的人群中推挤，如进入生死搏斗的械斗场面！我发现有人把行李从车窗扔下车，或上车的人把行李扔上车，然后赤手空拳与人群展开肉搏战！

我不知道搏斗了多久，恐惧的心情使我奋力掰开和推开人群，纷乱中也被人潮掰开和推开。最后终于挤出了车厢，汗流浃背地，呆站月台上，松了一口气地说："噢！瓦拉纳西，我终于到了！"

讽刺的是，火车竟还停在月台上！该上车和下车的旅客都已上车和下车，打群架的场面已不复见，而火车却约莫停驻了15分钟后才开走！心想，有这么充裕的时间，其实不需要参加肉搏战的，等到打群架的人各就其位,再慢慢下车不就可以了吗?

啊,恒河!

印度人视水为神圣的元素之一。恒河自喜马拉雅山发源,一路奔流到加尔各答而出海,凡是有水之地,就是印度人的精神场域。而瓦拉纳西更是几千年来,印度哲学、文化、神话和艺术的集大成所在。印度教徒在有生之年,都极渴望来此圣地朝圣、沐浴净身、祈福祈求和祈祷,甚至死后在恒河边焚化,期望能超升到更好的另一个非世间世界。

长长的恒河岸,有许多的石阶(Ghat),随处可见苦行的萨都(Sadhu),坐在河边或冥想,或以某种独特的瑜伽姿势修行,身上画了印度教的符号,手执法器,或者全身涂白,长须蓄发,终年以河为伴,诵读吠陀经文,瑜伽经文和咒语,也为人消灾祈福和解惑。

恒河边除了来自印度各地的朝圣者之外,也有走江湖的吹蛇人和贩卖各式供品的摊贩。当然,也有骗子和成群没有地位的贱民乞丐。更不时有人轻声向你贩卖一种令人迷幻的烟品。据说,这种特殊的"烟草"可以让人体验到类似"狂喜"的无我状态。

每天清晨,天刚破晓,我就坐在卖茶人摊子的阶梯,喝一杯热茶,抵御凛冽的寒风,等待一轮红日,从远方树丛穿过薄雾而出。卖茶人有个女儿,就叫恒河(Ganga),人人都喜欢她的伶俐,茶水烧完了,父亲就会唤"恒河!",活泼的"恒河"就快步走到恒河边取一瓢水回来。

恒河的上游是日常的洗衣场,中游一大段多为宗教活动,沐浴净身、祈祷和进行印度教祭祀仪式和举行婚礼祈福的地方,下游则是触目惊心的焚尸场。一天24小时不停地焚烧,有些病重或垂死的老人,从印度各地,千里迢迢来到这里,等待生命的终结,咽下最后一口气后,便安然地在恒河焚化,了却一生的最大心愿。

云游师父

天色渐暗,穿过窄窄的小巷子回到民宿。楼下的餐厅早已聚集人潮。大家互相交流着,也分享着印度的所见所闻,对印度食衣住行的信息交换和印度观感的热烈讨论,甚至包括艺术的、宗教的、形而上的和哲学的。有时,从某人得知某个地方的特殊景观,或你将要前往的目的地的旅行心得,比看旅游指南还要真实和实用。几近客满的餐厅,我随意找到一个空位,英语不甚流利的我,聆听多于讨论,从一些知道的单字中臆测旁人讨论的印度经验。

有人提到位于瓦拉纳西附近的小城阿逾陀(Ayodhya),发生印度教徒和穆斯林教徒冲突事件。而讨论着宗教的本质时,其中一个人说到近代的开悟者克里希那穆提(Krishnamurti),我随即插话说:"啊,我来印度前,读过克氏的书,也看过奥修(Osho)谈印度教的奥义书。"

这时，一位时而参与讨论，时而沉默聆听的长者，突然问我："你有静坐的经验吗？"

"有的。"我说："在我青少年的时候，每天晚上练完拳回到家，我总会静坐一会儿，再入睡。"

"你可以告诉我，你的静坐见解吗？"那个人说。

我沉默片刻，想了一下，这时，全部人似乎都搁下刚刚热烈的交谈，等着我的回答。我说："嗯……每次静坐完，身体暖暖的，很舒服……心里比较安静。看事物的方式也变得不同，周遭的世界看起来比较宁静……"

他听完我简单的描述，沉默一会，然后拿起桌上的糖罐子，说："你说的静坐，"然后指了指糖罐子，"只在罐子外面打转，"他随即伸手抓起罐子里的一把糖，继续说道，"里面的糖，你还没尝到！"

他放下糖罐子后，说："你提到克里希那穆提、奥修，表示你对追求真理有些兴趣。他们对真理，都有革命性的见解。"

又是一阵沉默。

"过两天，我要到菩提迦耶旅行。你来找我，我教你静坐（meditation）。"

他的话有种斩钉截铁地坚定，一种强大的说服力和气度！丝毫不予人接受或拒绝，是或否的考虑。于是，我点了点头。

那天晚上，我无法入睡。

好似被一根棒子重重击打，心中安与不安交缠着。心里想，所谓静坐，好像并非静静坐着，不想事情这么简单而已，背后似乎蕴藏着什么大道理？辗转难眠，我翻身起来试着静坐，但心中千头万绪，无数的思绪念头杂乱升起，丝毫不受控制。烦乱的念头使我难以坐下去，睁开双眼，心想"这个我不知道的大道理，到底是什么呢？"

菩提迦耶的召唤

虽然念头此起彼落，但心中却是无比的确定，"我要去菩提迦耶，我很想知道！"

我本来事先规划的旅程是往北旅行到阿格拉（Agra），看七大奇景的泰姬陵，但我很想知道背后的大道理，如果我照着自己的行程走，也许，也许……就错失了知道珍贵道理的时机了。我可以反方向往南行，先去菩提迦耶。

往后的几天，旅人间的奔走相告得知，阿约提亚（Ayodhya）的印伊教派暴动，已经越演越烈，有些北上列车被激进分子放火焚烧，因此，很多的旅行者都纷纷避免北上，以免遭池鱼之殃。而瓦拉纳西这个印度教的圣城，离阿约提亚只有十几千米之遥，会不会也受到报复式的攻击呢？没有人知道。

往南行的列车是安全的，而我已买好去菩提迦耶的车票了。

我对瓦拉纳西的精彩还有点留恋，那位云游师父比我早一天先行。他问我，"你可以帮我提行李吗？"我点点头。

帮他提了两箱用薄铁打造的箱子，穿过弯弯曲曲的巷弄，走到河边一处颇为宁静的渡口，搭了小船，渡河到附近的喀希（Kashi）车站。

一路上，非常沉默。

河面宁静而宽广。

火车到站后，我帮他把行李拎上车，他说："你到了菩提迦耶，在缅甸寺庙可以找到我。"

送云游师父上了火车后，我独自一人搭了小船，沿路回去，目之所及是看不见尽头的恒河，真的宁静而宽广，河面上不时飘来一盏盏缀花的水灯，偶尔还有动物的尸体，以及乌鸦和秃鹰正啄食着一小块焦黑的"东西"，似乎是焚化后剩下的肉块。

夕阳余晖把瓦拉纳西沿岸的建筑，点缀映衬着橘色的斑斓，鸟儿漫天飞舞，不远处，火光依然熊熊。我心中升起一股出奇的笃定。

"等我把留恋的精彩再看过一遍，就来了。"心中默默对云游师父说。暮色渐沉，穿过小巷，回到民宿，楼下依旧人潮如织，此起彼伏的热烈交谈充斥着整个餐厅。

至少，第二天天未亮前，我要再来到恒河边，坐在卖茶人的小摊位，啜饮一杯热茶，抵抗凛冽的风，耐心等待一轮红日，从远方薄雾的树林缓缓升起，为大地染上希望的光彩。

活在当下

我不能教你如何听,如何看,如何感受,我只是告诉你,打开耳朵,打开眼睛,打开你的心,打开你自己。放下过去、现在、未来,一个片刻接一个片刻地真实活在当下。

深夜时分，抵达迦耶（Gaya），这里离菩提迦耶还有十千米之遥，考虑晚上旅行的安全，在火车站附近的民宿住下来。

第二天早晨，本来热络的火车站，显得异常冷清，电动三轮车和出租车几乎销声匿迹，即使有也不愿意去菩提迦耶。一问之下，才知道这次印伊教派冲突，印度政府已疏导民众，尽量不要出门和做生意，以防止事件扩大。只有一位马车夫，在我出了80卢比的高价之后，愿意去菩提迦耶。

马车出了迦耶城，沿途是宁静的小聚落，沿着干涸洁白的尼连禅河，咔嗒前行。大约一小时，就看见耸立的摩诃菩提大塔（Mahabodhi Temple），而缅甸寺庙就在村落与菩提迦耶唯一的一条泥泞路的交界处。

菩提迦耶似乎是自立于印度世间的一个宁静小镇，外国旅客和朝圣者虽多，但不拥挤，亦不吵闹。这里是佛教徒圣地中的圣地，2500年前，佛陀在此悟道成佛。印伊教派冲突的余波，自然地自外于此。

摩诃菩提大塔，又称正觉大塔，塔的后方即是佛当年成道的金刚座，每天来自世界各地的佛教徒，出家在家，有生之年，都希望来此绕塔礼敬、诵经、冥想、虔心供养。对佛教徒而言，佛成道的金刚座，是最靠近源头，也最能与2500年前的佛心灵相连的地方。

佛陀虽已圆寂2500年，但余韵犹在，络绎的朝圣人潮与佛的相应与连结，似乎贯穿了2500年而犹未止，像是一缕一丝无形的线索，牵系着每一个信徒的心。

糖罐子的启示

在缅甸寺庙安顿之后,很快地,我就找到了云游师父。他在当地召集了一些有兴趣学习静坐的人,约好在大塔外的一个树木茂盛的花园,选了一个可容纳 30 人的空间,在一棵大树下,传授一种叫"自我探寻"(self enquiry)的静坐法。

心中突然想起那天晚上,他拿起糖罐子对我的训导和启示。

糖罐子里面的糖,到底是什么滋味呢?众人就座。静待着他揭开背后的大道理。

他优雅地坐下,盘了腿,开门见山地说:

"静坐,就是二十四小时,活在当下!"

"什么是当下呢?没有过去,没有现在,也没有未来,真实的片刻,仅在当下。活在当下,你就活在真实的片刻。一个片刻接着一个片刻,活在此时此刻,真实的存在。"

"人的心里被过去的,现在的,未来的心念所捆绑。过去的已经过去,它不复来临,未来的还没到来,而永远在远方,从来不会到来,而现在,一个片刻接一个片刻的逝去,抓也抓不住,每个片刻都将成为过去,而过去的,从来不会再来。"

"而我们认为的未来,只不过是过去的投射!"

"你投射你的过去到你所谓的未来,不过就是希望过去的灰烬重复。人的生命就这样重复着过去的模式,投射到永不会到来的未来。

你所谓的生命，就是这样循环重复着，了无新意。"

"人活在过去的时间、记忆和行为模式中，过去的是死的，虚幻的，人就这样生活在过去的反应模式中，终其一生，活在一个死的、虚幻的自我世界。"

"生命中唯一真实的片刻，仅在当下！"

这些话如一把剑，猛然刺进内在深处，虽然类似这样的话，活在当下，在我来印度之前，也曾经看过、听过，也深深的认同。但也仅只是学说性的理论成分，好像不会碰到"你"似的属于哲学性的探讨而已。此刻，从他口里说出"活在当下"这句话，却有某种难以抗拒，深植于心的说服力。心中又像一道长久禁锢的门，突然间被一把钥匙打开了！

"这个世界是如此的真实，而你却活在虚假的过去和未来。在真实与虚假之间，你创造了一个空隙，这个空隙产生了你所谓的痛苦、欢乐、欲望与观念，然后，你就牢牢地抓住它，慢慢地，10年、20年、30年，就坚固成一个'我'的感觉。"

"你想重复制造过去的欢乐，因此你把'想要'投射到明天，企望延续重现过去的欢乐，然而，过去的永远不会再来，就算是今天的欢乐，也只不过是过去的欢乐，它是当下此刻全然新的状态。世界一直是新的，而你却活在旧有的死亡里。"

"把过去的'我'放开、放下，让它去吧。打开你的眼睛，打开你的耳朵，打开你的心，打开你自己，全然的处于当下，你会体验到一个全新的你。"

他沉默一会之后,接着说:

"现在是个美丽的早晨,阳光这么明媚,风微微地吹拂,一切这么美好……你,有听到鸟叫声吗?"

你可听到鸟叫声?

当他说完当下这个活生生的"例子"时,在座的每个人都注意到此刻清脆的鸟鸣,但对我而言,却是心头一震,好像什么东西的用力撞击下,把心里的一道门撞开似的!我好像有很久很久的时间,不曾如此清楚地听闻鸟叫声了!而此刻,不时地叽喳声竟如此美好而真实!

让我惊奇的是,原来活在当下这么简单,随时随地,只要把心集中到当下此刻正在发生的事物,每个人都可以体验得到!

"鸟叫声一直都存在。生活里,当下发生了很多事,你总是听而不闻,视而不见,因为你的心太忙碌,一直被过去、现在、未来的念头缠缚,以至于看不见也听不到正在你周围发生的事!"

他说完之后,随即教我们静坐的方法,盘好腿,身体微微倾斜15度,眼睛打开,没有焦点地看着身前约三十厘米到一米的地上,安静地坐着。

静坐的时间颇长,而每隔一小段时间,大约三至五分钟左右吧!

他会突然说"活在当下!"这四个字。漫长的静坐时间里,他大致如此的反复好几次。

三至五分钟,正好是一个人脑海中思绪此起彼伏最混乱,或甚至将要陷入昏沉的临界点,当他说出"活在当下",就像当头棒喝一般,纷乱的思绪猛然间就消失无踪,可以体验到一种短暂的清明和醒过来的感觉。

每当我深陷如潮思绪,被过去、未来的念头带到不知身心在哪里的状态时,他的"提醒",又让我迅速回到当下的此时此刻,像一把利刃,斩断缠缚的葛藤,回到当下的真实,紧锁的身心也突然地放松,而呼吸到一种"新鲜"的空气一般。

往后几天,除了在漫长的静坐中不时地回到"提醒"当下之外,他慢慢加入一些阐述和类似口诀的字句:"警觉、觉知、有意识地。"

有一次当中有人问他,"你说的真实和虚假所产生的空隙,这个'空隙'是什么?"

"时间。"他说。

他有时会提到当代印度的克里希那穆提和奥修,也提到佛陀,更提到"佛性"、"本性"(Buddha Nature)。他不主张方法,而强调"自我探寻"的重要性。"任何的方法,像糖果、玩具一般,久而久之,反而成为依赖和束缚!"

有一次,因为对"持咒"的讨论,当中有一个人和他起了严重冲突,那人认为持咒可以让一个不安的心宁静，而对道产生信心，等等，类似的说法。而他说："持咒就像一个小孩子哭闹不止，你给他糖果和玩具，小孩就不哭闹，而下一次哭闹时，你又得给他新的糖果和玩具，如此下来，没有止境，这不是治本之道。"

"难道暂时给小孩糖果、玩具，等他长大后，告诉他真相，他不能了解吗？如果没有糖果、玩具，以及一种方法，人就不能走上追求道的道路了吗？"

"小孩长大了，他的糖果和玩具，就是房子、汽车、财富和欲望……他会无止境地索取新的糖果和玩具，索取更多更好的方法；没有方法，人就不能走上追求道的道路，这问题很吊诡……"他顿了一下，然后说，"道，没有方法可循。"

"佛陀、克里希那穆提等，他们没有依循方法，因此他们开悟了。活在当下也没有方法可循，我不能教你如何听，如何看，如何感受，我只是告诉你，打开耳朵，打开眼睛，打开你的心，打开你自己。放下过去、现在、未来，你就片刻接一个片刻地真实活在当下。而真实的此刻，整个宇宙最真实的片刻，即是开悟。"

"难道持咒就不能开悟吗？"那人说。

他不慌不忙语气平缓地说："可以，也不可以！"

"除非，你有意识的！"他特别强调"有意识的"这几个字。

"当你有意识的，你就不需要咒语、糖果、玩具和方法，你就是一个真实而全然的人。"

经过那次的激烈辩论，很多和他学法的人陆续离去，最后只剩六个人。他所说的法，简单，但也难以吞咽。要做到，更是谈何容易！

往后几天，他传授仅剩下的六个人，如何有意识地在日常的走路、说话、听、看、坐和吃饭，以及如何看着念头的生灭，如何看见自己。

"当你走路时，意识你的每一步；

当你说话时，意识你的每一句话；

当你听，当你看，有意识地听和看；

当你吃饭，把意识放在舌头，品尝食物的味道；

当你念头不止，只是看着念头的升起和灭去；

24小时，无时无刻，就这样看着你自己。

每次漫长的提醒静坐之后，他就带着六个人，警觉地走路。有一次警觉的走路当中，他双手环抱一棵树，说："感受这棵树，他和你一样生活在这世界。我们这几天在他的庇荫之下静坐学法，他是我们的朋友。"

另一次，在静坐中，他走到每个人面前，将手指横放在正静坐中的人的鼻端，似乎在探测每个人的气息。"从呼吸中，我们可以知道一个人的心念。如果你观察自己的呼吸，也会知道自己的心理状态。"

而有一次，他把我们带到缅甸寺庙对面的尼连禅河，在洁白的河床上，教我们一种延展性类似瑜伽的动作。

心,开了一道门

随着一天一天的学法,心思和观察越来越敏锐。心开了一道门似的,好像第一次"看到"这个世界!我也比较能注意到身边的事物,天空这么蓝,真美真好!叶子的形状、纹路和翠绿的颜色,啊,真美真好!我有如从没看过这般景象似的像小孩子般雀跃。早晨,走上阳台,发现沿着墙边爬行的小蚂蚁,如此的活泼有朝气,它们虽小,可是却和我们一样,是一个个活生生的生命!

原来这个世界,我们所居住的地球,不只是人类,到处都是和你我一样的生命体,蚂蚁、蝴蝶、蜜蜂、狗、牛、羊、猪、一棵树、一朵花……这些很容易被忽略,而就在身边的生命体,其实是和我们共同居住在这个世界,这个星球上啊!

我有点明白为什么,大部分印度人都是素食主义者。撇开宗教戒律不谈,从最根本的出发点来看,更可能是爱惜一切生命,视一切生命为共同朋友吧。

我甚至看到花开的原动力,背后是性能量!

一棵树成长开花!是性的能量!事物的生成,包括人的成长,隐藏在背后的动力是性的能量。我像一个小孩子般瞪大双眼,初次"看见",探索着这个世界。也像是和生存的所见所闻的周遭环境,正在重新建立一种新的、亲切的连结!

每天总有"发现的惊喜"!发现身边的小花小草,一树一木,乃至天地的宽广，都似乎和自己有关联，感觉他们好像在和你说话。最让我惊讶的是，当仔细专心、警觉地观看一个事物时，不但看到事物本身，也同时看见自己！以及，另有一只"眼睛"，同时看见两者！

我感觉到，我存在，我在这里，就在这里！真实的存在！立于天地之间而存在！不独立于万物之外，而与万物一起，清楚分明的共同的存在着。这真是难以用文字语言形容的奇妙感觉。

印伊教派冲突事件，随着时间的过去，已逐渐平息。虽然知道了糖的滋味，但心里明白，过去和未来的诸种念头仍然纷纷然，像一股强大的惯性和巨流，摆脱不掉，常常无知无觉地被占据而干扰当下的真实。但手上握着"活在当下"这把钥匙，心中是踏实的，好似黑夜中有了明灯的指引。

我辞别云游师父，准备踏上北印度的旅程，带着一种既沛然又淡淡的喜悦，以及满怀感激的心情，探索世人眼中难以理解的印度。

你从哪里来？

世间有许多不平等，有人叱咤一世，有人贱微一生，
只有死亡，对每个人都平等。
但，生命从哪里来？又到哪里去呢？

印度是个让人经历到矛盾、冲突、干扰、沉思却又处处令人惊艳的地方。人们对信仰的坚定不移，使得印度专门出产圣人，而普遍的贫穷，又给予人何处不乞丐的观感。有时候心生怜悯，也不忍见他们哀求的眼神，给了一块卢比，随即不知从哪里冒出一大群乞丐，老弱妇孺皆有，团团包围着你，让人惊慌失措，极欲从千军万马中突围而出的浴血奋战，直到你真的、真的、真的非常生气，甚至怒吼，他们才悻悻然离去。而总会有一位最小的不死心，回过头以哀怜的眼神向你伸手时，心中想给又却步了；一给，可能再掀起一场浴血突围。精疲力竭之余，回想那哀求和需要帮助的眼神，心中又是一阵不忍，陷入给还是不给、慈悲还是拒绝的天人交战。

很难想象，以白色大理石建造的泰姬玛哈的宏伟和完美的结构比例，散发着令人安静沉淀的氛围，而外面的市容却处处残破、紊乱嘈杂，无序的交通状态令人产生强烈矛盾的不谐和对比。街上除了汽车、电动三轮车、人力车之外，也随处可见猴子、驴车、骆驼，甚至骑着马的年轻人，令人不禁联想到，流着古代战士血液的后裔，以及曾经强盛的帝国。

而位于沙漠的拉贾斯坦邦（Rajasthan），更是一个大胆玩弄色彩的地方，除了日常的穿着色彩斑斓之外，在普希卡（Pushkar），环绕着湖水的房屋，只漆上一种颜色，白色。月圆或夕阳下，灿烂的日月光投映在水色和洁白的房子，天上地下同时令人炫目惊叹。

再如斋浦尔（Jaipur）古城区的所有店铺房子，漆绘成一片粉红，而又有粉红城之称；久德浦尔（Jodhpur）城堡往下看，一大片的住宅，只有蓝和白两种颜色，令人如置身梦幻之中；尤其是邻近巴基斯坦的边境小城斋沙美尔（Jaisalmer），整个城镇似乎从沙漠中升起来似的，只有一种颜色：黄色。与目之所及而不能及的整片沙漠，似乎连成一气，自然地交融在一起。朝阳和夕阳下，只见无尽的金黄色，无限延伸到没有尽头的沙漠；而入夜前的天空却透出异常透亮的宝蓝，令人惊诧，无垠的宝蓝色和无尽的金黄色交映于天地间，堪称梦幻中的梦幻！

而卡修拉荷（Khajuraho）更是让人难以理解，宏伟的寺庙塔群却雕刻着无数辛辣而大胆的男女欢爱的塑像，颠覆了世俗对神圣庄严寺庙的印象！

除了不可思议的性庙，在这平凡无奇的小镇，几棵不甚起眼的树木间，竟意外地看到令人陶醉的日落景象。我心中不解，不如拉贾斯坦的炫奇色彩，开阔浩瀚的沙漠风情，这里的落日平凡无奇，但如何会有如此的魔力，令人心为之慑、神为之醉？

心醉神驰的西塔琴

更叫人神醉心往的，要数印度音乐了。有一次在一棵大树下听西塔琴的演奏，我只记得，当西塔琴悠悠的泛音和一音多转的琴声，缓缓地像催人入眠的母亲床边故事般，轻缓而动人心弦的弹唱时，所有人瞬间在音符的流淌间,被勾摄入魂,犹如躺仰在摇篮里那样摆荡,进入一种似睡非睡的虚灵之境。

再英勇的战士,似乎也无力抵抗,也无须抵抗,琴声不经意地以轻舟之姿,回旋融入你的心海,任其恣意地引领;而塔布拉鼓(Tabla)的加入,一步步地把紧张和心防的甲胄慢慢拆卸,然后以一种跳动的节奏,一遍又一遍地把人引领到肉体与灵性交界的欢愉高潮,琴声和鼓声的逐渐加速,令人如痴如醉地进入一种虚灵宽阔的境界,像安然躺卧在一片广阔无垠的大海——琴鼓互相交织,层层堆栈又堆栈,越来越激昂,最后达到没有亢奋也不激情,却安静喜悦欢愉而充沛的声音性高潮!

读不出丝毫欲念的卡修拉荷性庙的交媾欢爱雕刻,那一尊尊既淡然却喜悦无限的塑像,正是印度音乐所要传达意象的雕塑!

音乐如此,雕塑如此,而印度最为人崇敬的湿婆神,在印度大小寺庙常见的 lingam(林伽),也正是一种性的象征。性能量被印度人视为一种生长、创造的力量,其寓意一定不止于此,这股能量除了是人类万物繁衍的本能力量之外,其实也是一个人精神上和内在成长所需的能量之一。这个体会要到后来才稍稍有所了解。

浪漫月圆

最令我沉吟的,莫过于菩提迦耶的月圆。印度不稳定的电压,使得一天常常停电好几次。月圆前后几天,当月挂中天,整个小镇一断电,一片皎洁如霜的月色遍洒整个小镇,屋瓦、墙壁、马路、树叶,直至远方都覆盖着一层泛着光亮的银蓝,通亮无比,尤其是尼连禅河洁白的河床,都是透洁明亮仿佛一匹巨大的丝绸,从远方绵延而来。每当月圆,我就把窗户打开,让月光洒进房间里,或者爬到楼顶,俯视整个小镇的梦幻,以及品尝着花朵、树木和一片片的叶子,披上一层银蓝色的光,泛浮着淡淡的粉,细细观之,银光似乎就要从叶尖流泻而下的如梦之夜。我可以整个晚上沉浸沐浴在月光下,直到睡意渐浓,才就着窗外洒进来的光辉睡去。

菩提迦耶的月圆,是我在印度旅行中,最最令我深刻难忘的景色,这样的美,既梦幻又如实,仿佛不应在人间!

印度,有时还真浪漫啊!

我终于有些明白,为什么在新疆、尼泊尔、西藏遇到曾踏足印度的人,对印度总是一言难尽,总说,"人的一生,值得去一次印度。"

在旅行途中,最难忘的另一件事就是,每天几乎有将近二三十人问我相同的问题:"你从哪里来?"(Where are you come from?)令人不胜其烦,基本答案当然就是,我来自中国台湾。

有一次,这个问题让我思索,世界上有许多的国家,你属于某个国家,活在一个不同的文化世界里。但是,回到最基本的人的本身,我们只是这个世界上称为人类的其中一种生命体而已,在周遭,我们其实与其他的生命体共同居住在这个世界。我们虽然肤色不同,语言不同，文化不同，思想观念不同，而抛开这些不同，回归到"人"本身，我们只不过是分居在世界不同的角落；因此，我只是"住"在中国台湾，而问我话的你，"住"在印度。

　　我稍稍更改了答案，"我'住'在中国台湾。"

　　慢慢地，我觉得是"我们"共同居住在这个世界，这个地球。我又稍稍改了答案："我'住'在地球上。"这时，有的人就以不解的眼神看着我，以为我在开玩笑，"我们都住在地球，这点我了解，但是，你来自哪个国家？日本？中国香港？"通常会得到这样的反问。

　　只有一次，一位卖杂货的老先生，若有所思的沉默了一会儿，然后点了点头。

　　"一朵花就是一朵花，当你把花命名为玫瑰花，而把玫瑰花视为爱的象征，你已经扭曲了一朵花存在的真实。你看不到这朵花的真相。"

　　"一朵花，今天清晨开得很灿烂，本身就很美，这样就够了。如果你只是静静地看着它，不带着任何的名字与赋予的意义，头脑也没有生起一个念头，只是当下真实地看，像小孩子纯洁的心一样，你就看到真相了。"

　　"小孩子没有观念、思想，当他看一朵花，他带着全新的眼睛，只是看。他非常的快乐，因为没有一个念头干扰他。他全心全意、全神贯注的，只是看。"有一次云游师父这么说。

我是谁？谁是我？

旅途中，常常回想起他所说的话，并且紧紧地握住这把"活在当下"的钥匙，不断提醒自己："活在当下！""活在当下！"，常常，思绪不知不觉地就占领了自己，整个头脑诸念纷呈，此起彼伏，当发现自己身陷在念头不止的葛藤时，只能提醒自己"活在当下！"，试图把自己抓回到当下此刻。

"日常生活中，我们的头脑就是这样充斥着各式各样的念头，而你不自知，也不觉得有什么异样。"

"所有的念头，都是过去的回忆、记忆……从来不会是新的。"

而路上常常问我"你从哪里来？"的路人，有时也会把不知飘荡到何时何地的思绪，拉回到此时此刻。有一次，一人问云游师父，"如果一个人没有思想、观念和记忆，那他如何存活在这个世界？假如我今天搭车去办公室，见一位朋友，如果没有记忆，我要如何坐上车子，如何认出我的朋友？"

"生活中，你的确必须'运用'你的记忆，"他特别强调"运用"，"否则你不会搭车，也记不起朋友，也会引起不必要的麻烦，甚至遇到危险。你运用你的所知所学，而并非被所知所学占据。"

"但是，当你搭车的时候，你是否可以活在当下地搭车，你和朋友见面时，是否可以活在当下地见面、说话……而且当你如此做的时候，你有一种全然参与其中，而同时和你过去的记忆分开的感觉。"

"你'运用'你曾经经验的记忆和知道的知识,而同时可以不认同。"

"我们都陷入认同的状态,一个念头升起,一个情绪升起,我们就会毫不自觉地去'认同'。"他强调"认同"这个字,"然后你就成为'认同'某件事物,这是'我的',因此,我的记忆、我的车子、我的房子……然后你就越抓越紧,最后牢牢不放,坚固而执着……你曾经想过吗?你的名字不是你,你把'名字'认为就是你自己!你如果观察一个刚认识自己名字的小孩,他会说:'詹姆斯想吃饭','詹姆斯想抱抱',而他不会说'我',他还没'认同'大人给他的名字。"

"当然,在现实生活中,'我'仅是一个非常有用的代名词,名字是跟着你生活的一个有用的代号而已,但,名字不是你。事实上,你是无名的。那就是为何每个开悟者都说,'无我'。"

"把你从已知的认同事物中分开,然后你就会越来越清楚,越来越清醒,你就会知道'你是谁'。"

他顿了一下,说,"你曾经升起这样的疑问吗?'我是谁','谁是我'?"

说真的,我们认同的习性是如此强大,强大到会不知不觉地就陷入"认同"的状态而不自知,当意识到自己已经被带走,而唤醒自己时,也只不过待在片刻的清明之中,几秒钟后,又旋即被一股巨流卷走……

一个人会在强大的习性当中，很容易就"妥协"的，然而，"整个宇宙的真实片刻，仅在当下，你为何要活在过去的灰烬，未来永不会到来的虚幻中呢？而整个存在，从来不会设想未来。"

"你从哪里来？"这句好奇的问话，旅行中没有一天停止过，一天当中，一遍又一遍地会被问到无数次，渐渐地这句问话竟内化成类似"公案"的提问。直到有一天，当一个小孩以好奇的语气问我相同的话，"你从哪里来？"突然间，我愣住了！每个字清晰清楚，像是什么东西碰到你。

"你从哪里来？"刹那间成为一句强而有力的质问！

"你从哪里来？你真的从哪里来？生命……从哪里来？"我反问自己。

"我不知道。"我和那位好奇的小孩说。

"你不知道？"他笑了起来，"你不知道你从哪里来？你疯了，还是神经病？哈哈哈……"

"我真的不知道。"我说。心中有一个声音不断在问，"你从哪里来？""生命从哪里来？到哪里去？"

我从来不曾这样质问过自己，也从来不曾怀疑过自己。"你，真的从哪里来？"看着自己，这个问题越来越深化。

问题像火一样的燃烧，不停地升温又升温，有人问我同样的问题，我一概都说"我不知道"。通常不是投来不解的眼光，就是一阵讪笑。而有一次，一位印度年轻人却非常愤怒，"我只是要知道你从哪里来,从日本来,从韩国来,还是从中国香港来,这么简单的答案而已!每一个人都有属于他自己的国家,你难道没有吗?你是不是看不起我?现在,告诉我,要不然我就要揍你一顿!"

看着他眼中迸发的怒火,心中却毫无恐惧,我缓缓地和他说,"我真的不知道。"

他气急败坏地大吼,"你真的不想告诉我!你给我滚开,下次让我再看到你在这里,我就要揍你一顿!"我坐着不动,听完他把愤怒都发泄到我身上,然后气冲冲地走了。

我在心中默默地说,"朋友,我可以告诉你,我来自哪个国家,但又有什么用呢?那只是满足你的好奇心而已,我来自哪里,对你一点都不重要。我没有骗你或戏弄你,我真的不知道,我从哪里来?"

我好像陷入某种心理状态中而不能自拔,自己从来不曾陷入对自身生命的疑惑和质疑,而这团疑惑之火,越烧越旺,又像滚雪球似的,越滚越大,而导致心不能安的地步!

河畔思索

我决定暂时留在印度,能待在印度多久就多久,尽管身上的旅费已渐拮据,而我知道,我必须回到菩提迦耶,找云游师父。

我也迫切地需要一段长时间专心地练习"活在当下",如果此刻结束印度的旅行,开始工作,这团疑惑之火也许就此熄灭了。而此刻,我想要了解自己，了解生命是怎么回事，我的心不安，很想了解我从哪里来的生命课题。

回菩提迦耶之前，顺着路程在瓦拉纳西待了几天。并且写了一封信给优剧场的刘若瑀，告诉她我决定留在印度一段时间，剧团正准备去海外演出的行程，不能参加了，如果优人们有意愿来印度，我留下了地址，可以来缅甸寺庙找我。

瓦拉纳西犹然精彩。清晨，总赶在日出前，在卖茶人的摊位坐下，小恒河（Ganga）都还没起床呢，我就坐在阶梯上等待着日出。

太阳升起之后，河边就热络起来。成群的印度教徒不畏十摄氏度的低温，纷纷跳入冰冷的河水，亲自领略心目中神圣的恒河水。

吹蛇人有时会来到河边广场。苦行僧四处游走，有时他们逮住你，和你说一段印度哲理，"宇宙是湿婆神创造的，也从他手中毁灭，然后再创造……宇宙正在不断地毁灭和创造……"然后，和你讨一些卢比。

我心中在思索，"印度人是不是从神话中投射，而创造出对恒河的想象，使得恒河被赋予了'神圣'的意义？"

"如果只是简单地观察一朵花，一棵树，就够了，他们自身的存在就已经很完美。如果有什么神圣的话，存在就是神圣的。如果一朵小花平凡无奇，那么所有一切，也平凡无奇。"

恒河，如果把它还原成只是一条河，它的确是一条很美的河，它的存在，自身即是完美的，是不是人们赋予或强加太多的意义和想象在它身上呢？

阳光从橘红而逐渐发亮，河面上跳动着银色的光辉，犹如朝阳与河水跳着一支双人舞。我信步走到焚尸场，熊熊的火光依然不曾间断，一具具包裹着七彩灿烂布条的尸体，以竹架担着，在恒河浸润一会，祭司念了咒语之后，就送到安置的柴薪上，洒了香粉，点燃了火，不多久，一具俱形的躯体就化为乌有，在眼前消失，无踪无影。

"生命，到哪里去了？"

不知道，真的不知道，生命从哪里来？又到哪里去？

熊熊的焚尸之火炽烈地燃烧着，而我心中的疑惑之火也正猛烈地焚烧，似乎通体都被燃烧着。我就这样看了三天。坐着不动，看着自己，也默默地看着焚尸的过程，真实、血淋淋而残酷，死亡的无情就在眼前俱现，让人无处可逃……

生命的幻觉

突然间，我了解到："尽管世间有许多的不平等，有人富，有人贫，有人顺，有人逆；有贵有贱，有成有败，有悲有喜，有苦也有乐；有人叱咤一世，有人贱微一生……但只有一件事，对每个人都平等，就是死亡！"

"总有一天，我就是这具正在焚烧的尸体！而我总以为生命在八九十岁时才会结束，这是一种'幻觉'！"

谁能保证一个人能活到八九十岁呢？没有人能保证，就连全能的上帝也不能！

谁能保证此刻我出门去，下一刻不会遭逢意外？我体会到，认为一个人能终老，寿终正寝，就是一个极深的"幻觉"！生命是脆弱的，谁都不能保证你的下一刻；生命极有可能在刹那间就灰飞烟灭！如同此刻历历在目的焚尸，什么东西都带不走。

"生命……从哪里来？又到哪里去了呢？"

"当你从认同事物的状态中，分离出来，你就会看见你和事物的真相；当你从认同过去、现在、未来的心念中，分离出来，你就从已知的、旧有的死亡状态中，解脱出来。"

"让你自己从过去中解脱出来，全然地活在当下，需要无比的勇气。"

"佛陀是个勇士。"他曾经这么说过。

傍晚的风有些凉意，看着河上划渡的船只，想起那天提拎着行李，与他渡河到车站的情景。此时，夕阳将暮，世间最斑斓的色彩，泼洒着缤纷绚丽，渲染投映在宽广的河面和建筑上，刹那间的瞬息变幻，天地间正弥漫着一股宁静感。

看着这生动灿烂的光辉与不断蔓延的宁静感，共生共存，慢慢地融为一体。心中竟然回响着这句大问号："生命的终极意义到底是什么？"

心中有莫大的疑惑，也有莫大的坚定。

明天，即将起程，回到菩提迦耶去。

菩提迦耶

有时看似良善的行动背后,
动机却可能出自脆弱、虚荣、恐惧和残暴、占有和欲望……
犹如化了装、戴了面具的魔鬼。

沿着熟悉的路，回到宁静的菩提迦耶，有一种"我又回来了"的喜悦和自在，并且带着一种热切。

我来到云游师父面前，另外还有三位门生。我迫不及待地告诉他旅途中升起的疑惑，他听后，淡然一笑说："很好，很好，当你知道自己其实'不知道'，你就有了一些了解了。"

"我现在不教了，你们是我最后的学生。"随即指了指我，"你自己去用功吧，你已经在路上了。"

从头顶掉下一块石头

我在摩诃菩提大塔的侧后方，一处颇为宁静的水池花园，找了一棵树，作为用功之处，而那团疑惑之火依然炽烈地通体燃烧。

坐定之后，心中顿然出现了一个题目："能量"！"什么是能量？能量是什么？……"然后像是几个人围坐起来一起进行着一场辩论似的，提问、反问、质疑、辩解……从不同的角度和方向进行交叉的讨论。每当讨论到似乎有了一个答案，心中另一个声音又提出疑问和可能性，又继续辩论下去，如此这样的不断循环着提问、反问、质疑、辩解……的过程。像是进行一种参问谈论，更像是剖洋葱般，把问题一层一层地剖开。每经过一轮的提问、反问、再质疑，就像剖开一层洋葱似的，在答案尚未水落石出之前，就打破砂锅问到底，一直"参问"下去……

我只记得这个题目:"能量",大概是"个人的能量来自于一个看不见的大能量,当一个人死亡之后,肉身的能量消亡,但其自身的本质能量不会消亡。而可能以另一种不同的样貌和形式继续存在。直到有一天遁入这个无形无相的大能量,与之成为一体……",等等的结论。

当参问到某一个点,洋葱越剖越小时,问题也越来越小,整个人里里外外充满了非常大的张力!

当答案就在剖完最后一片洋葱,猛然蹦跳出来,明明朗朗的现于眼前时,突然间,犹如一块大石,从头顶直沉到脚底,像是什么东西脱落一般,全身松沉,寂静现前,心中出现"小悟一次"的声音。

清晨,起床之后,我就穿过薄雾,走到树下,坐定,心中就出现一个新的题目,然后依之前的参问方式,一遍又一遍地质问、反问、提问、辩解、再质疑……直到最后的答案终于出现时,又是一块石头从头顶掉落,松沉、寂静再现,"小悟一次"的声音又响起。

然后,我会起身走到街上喝杯茶,然后再次回到树下,继续用功。有时一天当中,只有一个题目出现,有时出现两三个题目。心中并没有特定和预设的题目要参,坐定之时,有则参,无则用功。这感觉犹如有人在虚空中向我出题一样,每道题目就如论述题一样的巨大,而每一次参破之后,就会体验到"从头顶掉落一块石头",敏捷地直沉脚底,松沉、寂静,小悟一次的声音就会出现,这也成了衡量是不是洋葱已经剖完,最后的答案是否是最终的"依据"和"证明"的量尺。

而有一次，我本来以为答案已经参出来了……等一会之后，再诘问下去，才发现还没参完，还有不清楚的地方，直到"最后的答案"终于出现。

更有一次，明明已经参破，洋葱已经再也剖不下去了……等一会，再诘问，再检查，发现"最后的答案"已在眼前，清楚而明朗，但是身体内外像一个吹满了气体的气球般的饱满和张力感，随时就要爆裂开来，可就是起不了身，身体犹如被什么东西钉住，动弹不得……

忽然间，看到一只苍蝇在面前飞来飞去，我注意着它，不一会，它猛然地往我鼻孔一钻，全身犹如像触电般的震动，一块石头终于从头顶沉落，松沉、寂静猛然现前，"小悟一次"的声音才出现！

与上述情况一模一样的，还有一次，这次没有苍蝇帮忙了。我待着，不知怎么办，体内张力像将裂未裂的气球，无比的紧绷……没办法了，只好和自己说，放下起身吧。这么告诉自己之后，就准备起身喝茶去，才一移腿，猛然间，那块石头如迅雷般从头顶掉落下来！

念头纷飞

每小悟一次，就觉得心开阔一些，也比较了解自己一点。参问的题目，大到形而上的抽象问题，例如："到底有没有神？""到底有没有地狱、天堂，还是人类自己创造、想象出来的恐惧和奖罚？""信仰和相信的差别是什么？"，"人是不是需要'依赖'？"生活中的确需要依赖食物、金钱、房子、朋友，等等，但是我们"心理上"是不是可以"不依赖一个人"、"不依赖信念"、"不依赖政府"、"不依赖宗教的所谓相信"，而使得一个人的内在是"自由"的这样的论战……

小到和自身生活相关的课题"想要和需要"的梳理，我们"想要"的东西很多很大，大到"想要权力"、"想要得道"、"想要全世界"、"想要一个心爱的女人或男人"、"想要功成名就"、"想要……"想要的东西很多，而背后也许是占有、欲望、恐惧、虚荣、懦弱……

每一个题目看起来似乎彼此没有关联，但在深处，却是相关相连的一环扣一环，当了解了一个，就会了解另一个……越了解自己，也越了解别人。一个多月的这样的参问之后，才发现原来有一个大概的全貌出现，而每一道题目都是这个轮廓的一部分，彼此相关相连，互有关系。

经过这样辩论式的参问，也才发现以前的自己从来都不会思考，甚至连属于自己的一个思想都没有！我总以为自己很有想法、看法和主见，但事实上，不过是借来的观念和想法，自己根本没有真知灼见，我们甚至弄不清楚，信息和知识的差别、知道和了解的不同，我们甚至以为知识就是信息的搜集，知道就是了解，而我们认为人有思考能力，是不是也是一种"错觉"和"幻觉"？

在还没有参问这些题目之前，我看到自己以想象的方式在过生活。而在成长的过程中，许多灌输给人的观念、想法，迫使人不得不相信而"相信",使人渐渐失去质疑、反思和思考的能力,久而久之,人就被整个生活的环境"催眠"了!

说实在,虽然在这样不断的参问中,似乎梳理清楚和了解了一些事,但是,心里很清楚,"知道"是一回事,"做到"又是另一回事。最显而易见的,就是念头还是如絮纷飞,接连不断,止也止不住,常常得从陷入诸念纷纭的漩涡中,把自己硬生生地从过去和未来的境况中抽离出来,拉回到当下。

我警觉地走路,把心放在足下,一步一步慢慢地走,没多久,思绪就把我带离当下的走路……然后又得把自己拉回来!

"第一步,你会看到关于自己的真相,你可能会很惊讶,你发现你目前的真相,竟然是痛苦、残缺和活在幻觉、幻相中,而事实就是如此。"

醒着做梦

我试图每天每时每刻,警觉于当下,看着自己。走路的时候,警觉地走每一步;吃饭的时候,心放在舌头品尝;站着时,意识到自己,专心地听周遭的声音,或者专心地看周遭所发生的一切,甚至睡觉的时候,也看着自己入睡。好几个夜晚,我从恐惧死亡的来临中惊醒,心中呐喊,"我不要不知道'我是谁'之前就死去!"

每当陷入念头中,就把自己抓回来;夜里做梦,就从梦中把自己唤醒，试图不让波动的心念和念头所催眠。这样时时看着自己，动作自然地缓慢下来，像观照一个陌生人的一举一动，重新认识一个和自己生活了许多年的人一样。

在这样的观照中，发现自己原来不会走路、不会吃饭，不会看也不会听，看到自己从来不在真实的当下生活着，而是被许多心念缠缚住，以至于看不见也听不见，只是模模糊糊地看见、听见、行动，像是在醒着做梦一般。

观察自己的所思所想中，也发现内心其实充斥着许许多多的矛盾，有善念、有恶念，有怨有恨，有慈有爱、有狂野愤怒、有残酷、有悲悯、有恐惧、有妒忌、有脆弱、虚伪、欲望……好似一个大园地里，放任牛羊猪狗、豺狼虎豹、飞禽走兽生活在一起，而没有人看管似的。

原来心中藏着天使与魔鬼，驯良的羊与残酷的兽性！更为诡异的，有时看似善良的行动背后，其源头的动机却可能出自脆弱、虚荣、恐惧或残暴、占有和欲望……犹如化了装、戴了面具的魔鬼。

天使与魔鬼

"当你看见了自己的真相，人会逃避、抗拒和抵抗。但是，当你勇敢如实面对自己的真相，不逃避也不抗拒，你反而不会害怕、恐惧和怯懦。你不需要改变它，如果你企图改变它，它会以戴了面具、化了装的天使，继续蒙骗你。世人比较害怕魔鬼，而伪装后的天使，一个人是难以辨认的。你只需了解,本质上,天使与魔鬼都是虚假的。

接受你所看见的真相,需要勇气。

不管是好的坏的,善的恶的……不需要认同它们,也不需要抗拒;如果你认同,你只是继续喂养它,给它食物;如果你抗拒,就越增强它们的力量。你只是看着它。它会消失,然后再来……消失,再来……如此这般的循环反复,直到有一天,它们完全消失!而它们会消失,因为虚假的终会消失。

真实的,从来就不曾消失过!

你只需从认同的状态中,从已知的惯性中解脱出来,回到此时此刻的真实。这个时时警醒、觉知、有意识的过程,就是你自己与自己的奋斗,而不是和念头、天使和魔鬼……事实上,它们是有用的,它们让你了解自身的真相。你从诸多的想法中,了解你自己。持续的警觉、警醒、觉知和有意识……持续地下功夫。你只需耐心、毅力!"云游师父说。

看着自己,一刻都不让自己松懈,不和惯性妥协,像自己拿着一根鞭子,鞭策自己……在真实与虚假的奋战过程中,有时,真的很累,很想稍事休息……但是,心中随即响起"我不要活在虚假中"的提醒,又继续鞭策着自己步步当下,不可丝毫放松、放纵自己。

在时时观照自己的过程中,除了同时看见自己与外在的事物,也同时发现能量往身体内回来,原本单向的能量,不往外奔驰消散而往内返回,在身体内形成某种"冲击"感,却也觉得似乎在"连结"

什么的感觉。

生活里，就只能"做一件事"，做完一件事再做另一件事的清楚分明和了然。这件事也许是个连续事件，如走路去吃饭；走路的时候，好好走路，到了餐厅，好好坐下，好好品尝食物的滋味，吃完饭，好好地站起身，好好地走回去……好好地开门、好好地关门、再看着自己躺着，看着自己入睡……

为了省钱，吃印度最平民的食物Thali，虽然清茶淡饭，但细细品尝时，最平常的米饭，却有很多的味道；一杯清水也可体会其中滋味……

天气渐热，云游师父要离开菩提迦耶，弟子们供养了师父一些钱，我的盘缠实在不够，我就和师父说："我就以下功夫供养你吧。"云游师父点点头，说："胜过千万倍的金钱，这是世间最好的供养了！"我们相约在初夏的达兰萨拉（Dharamshala）见。

如梦的生活、似幻的世间

参问题目的方式大约在一个多月后就停止出题，那一团疑惑之火也已从炽热中化成了理智的了解。而我也离开水池花园的树下，几乎整日在缅甸寺庙的房间里静静用功。

每每在下座后，步行到对面的尼连禅河，遥望着苦修林，想起曼谷考山路寺庙的那幅皱眉的佛陀壁画，心里想象着佛陀当时的情景：

那天晚上，佛到底看见了什么？他是否看到了如梦的生活、如幻的世间，使得他弃家出离，过着如乞丐般的化缘生活，到处寻仙问道，试图找到生命的意义。

最后，他来到苦修林修持绝食，日食一米，骨瘦如柴……有一天，他听到路过的乐师唱道："琴弦太紧或太松，都不能弹出美丽的音符，只有调到不松不紧，才能奏出美妙的旋律啊。"

他若有所思，心想，"我现在修苦行不是太紧了吗？如此修下去，尚未成道就已死去！"于是放弃苦行，接受了牧羊女 Sujata 的供养。有了些许力气，萎靡的精神也振作起来，他渡过尼连禅河，来到现在摩诃菩提大塔的菩提树下，下大决心，"不成佛，誓不起座！"

七天之后，夜睹明星而终于悟道成佛。

遥望着苦修林，也遥想着当年佛陀渡河的情景……心中油然而生崇敬之情。他勇士般的毅力和精神，以及追求真理的热切，为所有人找到了生命的归依和意义。

成道后的佛，宣说，"原来众生皆有如来佛性，众生皆可成佛。"这句话，激励了许多人，也激励了我，使得开悟成佛是生命中可能的事。佛陀是菩提树下的见证者，见证了生命的确可以在二元对立、五浊的世间，如莲花之出污泥，圆满无碍。

此刻站在尼连禅河远眺，而晚上的时候，坐在佛悟道的菩提树下金刚座旁，佛陀的精神就像穿越了 2 500 多年的时空，像一条无形的线索，仍然与每一位求道者相连结，没有间断。

世界各地的僧团、学佛者，无不希望在有生之年，来到佛成道的金刚座，绕塔诵经，供花礼敬，契入佛的精神。想到佛的故事，除了感念、感怀和感动之外，心中顿时升起了信念的力量。他不是一个远古的神话，而是真真实实的故事。

中国和尚

一个早上，在大塔附近，无意间看到一位拿中文念经的和尚。

他特别引起我的注意，因为当时从台湾地区来此的朝圣团本就很少，即使有，通常匆匆两三天就离开了，而这位和尚却不像从台湾地区来的出家师父。一问之下，才知道他从内地来，而且就住在缅甸寺庙！

有一天，他邀请我去他的房间，煮了丰盛的晚餐。饭后，我们闲聊着，从交谈和语气中，我大概知道，饭后必须有所供养。然而，盘缠拮据，为了能够长时间留在印度，我尽量省吃俭用，每天的食宿费不超过20卢比。我于是跟和这位和尚说："师父，这样吧，饭不能白吃，我就以自己所了解的供养你吧。"

于是，我把所知道的"活在当下"的见解和他分享，只见他从不屑一顾、不解、有些疑惑，到越听越入神，最后瞪着一双眼睛！

几乎之后的每个晚上，从菩提树回来之后，我就去找这位和尚，和他分享我曾经参问过的题目。有时他会提出疑问，或以佛经的某句话反驳或提出疑惑,我们就像辩论似的一来一往地讨论着。而到最后,他总是瞪着眼睛,若有所思的不发一语。

"你说的见解,有点像禅宗,我这里有本禅宗的书,"他递了一本书给我,"你看过后,帮我说说看。"

我逐字逐字地看,让我惊讶的是,因为"活在当下"的体会,竟读懂了禅宗里许多的公案和故事。一晚,我就以公案中某学僧问:"如何是道?"师答:"困时困,吃饭时吃饭。"学僧:"我们不都是如此吗?"师答:"他吃饭时不好好吃饭,百般思索;睡时不睡,千般思虑"这个公案,分享"我从来不会走路,从来不会吃饭"的体悟。

每天晚上的讨论和相处,渐渐地,我们遂成了论法上的朋友和莫逆之交,彼此有种相知相惜之感。一天,遇上月圆的晚上,"今晚月色很美,师父,我们赏月去。"他晚上从不外出,我把他拉到寺院外,两个人就在尼连禅河洁白的河床和河岸上散步,品尝菩提迦耶让人心醉神驰的明亮月夜。

那一天之后,他敞怀地和我说了他的身世。

"我出生在青海。为了讨生活而到广州。我将所有的积蓄,用来购买了一批盗版的 CD 和 VCD,以随处摆地摊的方式到处售卖……遇到执法人员的查处时,就赶紧把布摊一束,收起来赶快逃。有一次,被逮个正着,全部的货物都被没收了。我全部积蓄都没了,于是我回到青海老家。听说有些西藏居民会去尼泊尔和印度。我于是也计划着去。

到了尼泊尔，又辗转来到印度。

举目无亲之下，原想投靠寺院，但让我住了三五天之后就把我赶走。无可奈何之下，我只好在菩提迦耶剃发出家，哀求缅甸寺庙的住持让我有个容身之处。

我很感激寺里的住持和尚，他给了我一间房间，不收我半毛钱，让我安顿下来。有一次，遇到台湾地区来的朝圣团，我请求他们送我一些经书。他们不但送了经书给我，知道了我的遭遇，还给了我一笔钱。每天早上，我就出门到大塔去，诵经礼佛，傍晚时候回来，煮了饭，吃过，就打坐……

旅游旺季的时候，很多朝圣的人供养我一些钱，尤其是从中国台湾、中国香港、新加坡、马来西亚来的朝圣者，他们看到我是内地人，都会主动地供养，生活倒是无虞。来到印度，至今已经快十年了。"

听了他的遭遇，心中真是万分感动，对他的勇气和一个人孤零零的在印度，语言不通，生活习惯与文化都迥异的环境下，能生存下来，升起了钦佩之情，如果没有过人的决心和毅力，恐怕是抑郁一生的。

"师父啊，就凭你这份决心和毅力，一定会有所成就的。"我说。

"我在这里没有朋友，也没有皈依的师父，你是我来到印度之后，唯一最谈得来的朋友，每天和你讨论切磋佛法，倒是解开了心中一些迷惑。"

"那你有打算要回去吗？"

"出来就不回去了,况且我已年过60,就好好待在圣地,与佛亲近,直到此生终了。可能是上辈子的因缘吧,让我来到这里,度此余生。平常生病感冒的,我也从不吃药。哪一天要走,就随缘地去了。"

他对生死的豁达,让我更由衷地敬佩,自叹不如。

自此之后,除了讨论佛法,我们无所不谈。

告别异地同乡

不知不觉已经三个月过去了。天气逐渐炎热,朝圣的人潮已稀,喧闹络绎的气氛渐远,菩提迦耶似乎回到他的本然,一如自外于世的偏远小乡村,更觉得宁静纯朴。

虽然杂乱的念头还是此起彼伏的不断,但已自觉能够不受其扰,只是看着诸念的生灭起落,像一个陌生人走进喧腾嘈杂的菜市场,看着听着周遭的吆喝与争吵,与己无关似的分离出来。也渐渐地感到自己植根于大地,立于天地之间的存在和自在,心中有一种透彻而扩大的清明和单独感。

我准备动身北上,去喜马拉雅山的达兰萨拉赴约。四月初,白天的酷热约有摄氏40度,但我还是耐着炎热,品尝了月圆的魔幻之后才离开。

月圆那晚,我又邀请了和尚在尼连禅河信步而行,最后我们爬上寺院宽敞的楼顶,看着停电后,银蓝色的月光,笼罩着整个菩提迦耶的如梦似幻，赞叹着此景怎在人间有。

离开菩提迦耶的那天早上，他特别煮了稀饭，为我饯行。他知道我的旅费有限，要给我一些钱放在身上，我满怀感激，执意不收。

"师父，你要在这里待一辈子，又无亲无故的，钱对你很重要，我省吃俭用，旅费应该是够的，而我回到故土后，就没问题了。"

我想起有一次，他邀请台湾地区的朝圣团午斋，也邀了我同桌。托他的福，当中一位团员给了我100美金。这笔钱，在当时已足够在印度生活两个月了。

早饭后，他依然去大塔例行每日的诵经。中午的时候，他特地提早回来，送我上了往迦耶火车站的公交车。

我看见他落寞而失落的眼神，似乎至亲的人挥别，心里大概想，下次见面不知是何年何月何日矣，也许，此生再也见不到面的惆怅感。我心中也有种不舍。不舍这位在异乡遇见的"同乡"，更不舍这里的一切。这三个多月里，似乎经历了很多的历程，让我深深觉得，佛悟道的菩提迦耶已是心灵深处的故乡。

公交车驶离，扬起了一阵沙尘，远远的，我看见和尚，低着头，若有所思的，默默然走进缅甸寺庙……

带优人去印度

回到熟悉的生活,却觉得自己像个陌生人。
我告诉团员印度的经历,
大家似乎觉得过于离世、偏离社会及生活常轨……

印度是个次大陆，幅员辽阔，火车网络却遍及全国，因此，在印度搭火车旅行最为便利。搭乘火车的经验，也是旅行中的奇趣之一。

　　除了始发站的火车之外，永远不会准点，迟到一两个小时是正常的。从一些道听途说中，甚至有迟到12个小时甚至一天的！也别以为确认了列车停靠的月台，就可以耐心等候，甚至原谅火车迟到的不确定性。不！有时候，你从来都听不太清楚的印度式英语广播之后，突然间成群成群的人像汹涌的波涛移动跨过月台天桥，或顾盼左右没有火车经过，就干脆直接横跨铁轨翻到另一个月台。一问之下，很可能就是你要乘坐的列车，临时更改停靠的月台！

　　火车一靠站，大家像惊吓的牛群，发疯似的以格斗式的精神拼命挤上车厢的窄门，又重演上车与下车的浴血奋战！我已近身格斗过一次，也知道其实火车不会马上开走，找到车厢之后，在旁边等待战火止息，上车与下车的旅客都已各遂目的后，再从容地上车。

　　在车上过一到两夜的列车，大家都知道，行李除了上锁之外，更要把整个行李以铁链跟座椅锁在一起，不如此，睡梦中，行李也许就神不知鬼不觉地被摸走了。而一路上并没有到站的广播通知，旅客必须非常清楚抵达目的地的时间，随时准备下车。

初夏的达兰萨拉

　　火车从东部比哈省一路北上到北方的旁遮普省，第三天的清晨在帕坦科特（Pathankot）站下车，这里离喜马偕尔邦（Himachal Pradesh）的达兰萨拉还有一段距离，再搭三四小时的公交车，翻山越岭才抵达达兰萨拉的麦罗甘吉（McLeod Ganj）。

上山的景色，让初次来印度旅行的人不可置信，尤其是经过北印度的吵闹和干扰不断的洗礼后，这里的宁静和清闲，山色的壮阔与奇峻，使人仿佛置身在西方国家某个风景优美的山林里，绝对联想不到此刻仍身在印度的土地，尤其，当一座雪山映入眼帘时！

达兰萨拉四月暮春，气候宜人，外国游客如织，我也认出了好几位曾经在菩提迦耶学法的西方人。

松林杉树林立，抬头就可以看见雪山的凛然，这里没有人会问"你从哪里来"，也少了喧嚷，倒是一派清闲。老鹰在天上悠然飞舞，空气是如此的清新清澈。来到这里，心中有一种难得的轻松。站在高处，远眺开阔广袤的山谷，仿佛山谷与胸臆同出，相连相系；在林间闲坐，逐渐地，觉知像蔓延的空气般延伸延展，犹如亲手抚摸着周围的树木。

达兰萨拉虽也不大，但村落散居，范围很广，不知云游师父在何处？也不知约好的两位共同学法的门生，到底到了没有？当时的通讯不发达，寻人最有效的方法，就是贴一纸寻人启事在公共场域的布告栏里。

果不其然，一位门生循着地址找到了我，他是意大利人，叫罗拨多，另外一位德国籍的门生，改变主意没来。而罗离开菩提迦耶后，去德里找了云游师父,他说,"师父不来了,留在新德里,他知道你身上旅费不足,所以托我带了1 000卢比给你。"

我当下既惊喜又感动,不知如何言说,只能深铭于心。心想,应该是弟子供养师父的,怎么可以让师父资助弟子呢?罗接着说,"师父说你像个勇敢的战士,正努力穿透自己的黑暗,了解自己。钱财上的帮助不算什么。一个走在道途上的行者,总会有许多有形无形的帮助。"

罗于是邀我一起住在林木葱郁的一间静修所(ashram),他知道我正在下功夫,甚少打扰和主动和我聊天,他唯一的请求,就是希望能教他简单的动作,调理身体。于是每天早上,我就教他一些基础的拳法。

我们住的静修所,远离市嚣,也远离光害,等到月圆之后,我才准备动身离开。月亮的光辉,照亮了山林,月色下,蜿蜒的山路是如此明亮清楚,漫步其间,犹如白画,不需要手电筒,亦可行走无碍。覆盖着皑皑白雪的雪山,尤其亮洁动人。

我们在帕坦科特的市街上挥别,他要去德里,而我则往加尔各答。

"和你在一起是如此美妙的体验,虽然我们不常说话,却感觉好像交谈了许多。有时,看你站在树林里,坐着,或者慢慢地走路,也正好提醒自己要下功夫,活在当下。我会再回来印度的,这个国家太令人难忘!希望下次可以与你再相见。"他说完后,下了人力车,隐入向晚的人群,到另一个车站去了。心中突然有种难以言说的怅然……

火车在白天 40 多度的高温下行驶，风吹过来都像焚风般，第三天下午抵达加尔各答，脑海中不禁回想起初次踏足印度的种种心情……

取道曼谷，回到了初夏的台北。1993 年 5 月底。

无人理解的经历

回到熟悉的生活，却觉得自己像一个陌生人，进入曾经熟悉的生活环境里。生活秩序井然，没有人突然警醒地问你来自何处。我告诉优剧场团员印度的经历，大家都投以一种奇怪的眼光，似乎觉得过于离世，偏离社会及生活的常规，只有刘若瑀听懂。她忆起了在加利福尼亚州（以下称加州）的训练中，葛托夫斯基常常提到的，"有意识"、"警觉"，等等字眼，她好奇地问我，"你在印度做了些什么？"

"只是时时刻刻看着自己，警觉，有意识的走路、吃饭、穿衣、睡觉和打坐。练习'活在当下'。"

我说，"我们先不打鼓，先打坐。"

"我们不是要在半年之后，推出一出有关打鼓的作品吗？为什么不马上开始训练和排练，而只是静静地坐着，什么都不做？"其中有一位团员问。

"如果我们能够了解自己，一个人'知道'他做什么，他就会知道他要学什么。我们还是先打坐，然后再学打鼓吧。"我说。

"好。"刘若瑀打断了那位团员的话,有所了解地说。

清晨七点,到了山上的大帐篷,卷起了帘子,扫了地,静坐下来。团员到了之后,我就讲述我所知道的,然后就和云游师父教的一样,在静坐时,不时提醒"活在当下"。也提醒自己。

"我们为什么要活在当下?"有一个团员提出疑问。我答以"当下是唯一真实的片刻,过去、现在、未来,实际'好像'存在,而本质上是'非实存'的"……之类的说法。

"依你所说,没有过去、现在、未来,人不就没有希望?没有目标了吗?"

"希望总是在未来,而未来,总是不会到来。当下,就是我们现在要学习的目标,也是目的。"

"我们计划了一件事,在未来的几个月里,依着计划逐步逐步走,而有一天,这个预先设定的目标就被完成了。如果我们没有未来,没有目标、希望,我们就不可能完成计划和理想,不是吗?"

"我们在完成一件计划或事情时,有没有可能有意识地,活在当下,一步一步地去完成呢?使得每个过程都很清楚、明白,知道自己做什么。也许我们从最简单的事情开始,走路、吃饭、扫地、聆听、观察等日常的事情先开始入手。"

"可是,我还是不知道'活在当下'要干什么,山下还有许多事情要处理,坐在这里似乎对工作没有什么帮助。"最后这位团员说。

"活在当下"要干吗？

我哑口无言。当时对"活在当下"仅只是粗浅的见解，不能舌灿莲花、融通的解说。而我也忆起了云游师父似乎说过这样的话："世人会质疑，认为你在做梦，说着一些让人不能理解、不切实际、奇怪又没用的话，认为你不符合社会的经济和效益。在这个凡事讲求快速及效率的时代，谁能容许一个动作和行为缓慢的人呢？一个有意识的人，世人总是不理解他。而你知道，你清醒着，没有做梦！一个努力"活在当下"的行者，他正努力设法从梦中醒过来！

坚持你自己，不必抗拒世人或社会，你只需了解，活在清明真实的当下，就已经足够了。

是的，人需要梦想与未来，世间这么多的苦闷、灾难与无聊，没有梦想，怎么生活下去呢？而世界上只有人会感到无聊，需要过去的缅怀，未来的慰藉；而整个存在都在欢庆，享受着当下！"

要到很多年之后，我也才稍稍了解，人其实没有必要有意识地活在当下的，因为在大自然的机制下，活在当下，或所谓的解脱生死，是违反大自然创造人类的原则的……除非人意识到生命的局限，天堑，和如牢笼般的生活状态，以及就人的目前状态而言，他意识到人并非一个统一体之外，人才会努力地挣脱现状，否则大自然，甚至整个宇宙都会反对。

人确实没有必要挣脱宇宙的"法则"的。

人类的存在，符合某种宇宙法则，整个大自然都不希望你逃离，脱开既定的规律法则，以符合整体利益的存在。就目前的生活而言，对人类和大自然是适应的，生活里有喜有悲，有冲突、和谐，甚至……有战争，确实没有必要去打扰。

后来也对禅宗的"和光同尘"有所了解。而之后亦稍稍明了，当下和过去、现在、未来，其实是不相违背的。

听自己的鼓声

那段时间，到了山上，大家就静静地坐着。

三五天后，有一个人，不来了。再过几天，又有一两人不见。最后只剩下刘若瑀、阿勇、小六……

剧团在诚品敦南店举办了五周年一系列的活动之后，招募了新人，阿晖（罗桑席让）就是那时候进剧团的。过没多久，博仁也加入。剧团也开始固定支领微薄的薪资。

两个月后，从整日的静坐，改为上午打禅，下午则拿起鼓棒，眼观鼓心，制心一处，"听"，一棒一棒地击打，体会每一下的落棒。当听自己打出来的鼓声，也同时听到其他人的鼓声时，就自然和谐共鸣，合拍合节地打在一起。

从最基本的"松与提"，到"点"与"抽"的手法，而腕，而肘，而肩，而腰，而腿的身体加入。有两个月的时间，都只是重复基本而简单的练习。每次站着不动打击一个小时，全身汗如雨下，地板也浸渍一摊摊的汗水；稍事休息后，再来……

慢慢地，加入了"狮鼓"的基本节奏和八分音符、十六分音符的练习，以及由腕而肘，而肩、而腰、而腿的身体动作与击鼓的连结。一边教也一边在摸索……

每次结束工作，下到土地公庙，我们就坐在围堤上，观看夏日特别辉煌的夕阳，直至西下。将暮时，在山下一起吃个晚餐，就各自回去。

有一天夜里，我们在山上谈到印度，于是我就起意，带优人去印度自助旅行三个月。我们一点一滴地准备一出作品，"优人神鼓"，同时也准备印度的旅行。

半年后，"优人神鼓"就在一月份的细雨寒风的老泉山首演。此后，我们就以这出"优人神鼓"的作品名称作为剧团的对外称呼。过年时接了一个商演，颇为丰厚的演出费，把剧团积欠的几十万负债还清了。

我们拟好计划，相约曼谷见，再分道扬镳，各自旅行，各自去体验印度的冲击。两个月后约定在菩提迦耶会合，再北上达兰萨拉。

头脑停止了

念头不见了,头脑停止了,身体内外安然松软,
享受自己,也享受当下……
头脑中央出现一个明亮的小点,像"一只眼睛"……

刘若瑀带着团员，先飞到曼谷。在等待期间，我建议团员去大城（Ayutthaya）看佛国古迹。我则从马来西亚的怡保，与家人团聚后，搭火车从山城怡保经北海（Butterworth）到曼谷。

我仍然没有放松自己，一直看着自己以及纷乱杂沓、不可控制的思绪。

第二天上午，我在曼谷火车站下了车，搭上公交车，去说好的民宿与刚从大城旅行回来的团员会合。当第一眼看到，被烈阳晒得镀了一层黝黑的团员，脸上有种既放松又安静的神情时，奇怪的事情发生了。原本止也止不住，如瀑一般的纷乱念头，瞬间消失得无影无踪！头脑就像万里无云的晴空，明亮开阔，整个世界似乎都安静下来。此刻喧闹纷杂的曼谷街头，也感觉宁静安逸，不吵不闹。

过了很长的一段时间，头脑升起像清烟似的一念，还未形成有形有相的念头之前，就消散在万里晴空中。长时间谨守住，一刻不放松地看着自己的紧张和张力状态，顷刻间崩解似地松开来，以一种轻松而不费力的觉照，看着周遭正发生的一切。如此的真实啊，当下所见所闻明朗地呈现在眼前，没有想象，也没有批判评断。

似乎变成了"一个人"，一个突然把身体内外一块一块各自"分开"的部分"连结"在一起的完整的人似的，在觉照中行动着。念头不见了，头脑停止了，只觉身心内外安然地松软，收摄而内视，享受着自己，也享受着当下……头脑的正中央出现一个明亮的小点，像"一只眼睛"……

念头消失无踪

我们在曼谷买了便宜的机票,除了阿晖飞到孟买,去普那(Pune)的修行圣地之外,所有人都先在尼泊尔停留几天,再展开各自的自助旅行。刘若瑀从加德满都也去了普那,阿勇则坐公交车到德里,在边境进入印度时,没注意到海关而忘了盖入境章;另一位团员则在前往印度的夜车上,相机被摸走了。我也是坐了公交车,深夜在山路上盘桓抵达印度。在瓦拉纳西短短度过两天,已无心于恒河的精彩,直奔佛陀悟道之地。清晨,坐上马车抵达菩提迦耶,似乎回到久违的故乡般欢喜。

我迫不及待去找昔日的老朋友,和尚,我雀跃地和他说:"头脑停止了!停止了!念头无影无踪的突然消失!……原来,头脑可以不需要起念的!"

"念头怎么停止的?"他好奇地问。

"这一年来,我无时无刻地不断尝试看着自己,试着24小时警觉,活在当下,但是思绪还是一样狂乱无序地升起灭去,升起又灭去……直到来印度前,我看到团员旅行回来,脸上安静放松的神情时,瞬间所有念头似乎一哄而散。"

"此时心境如何?"他问道。

"万里无云,如日当空。身心无比的放松、喜悦,安然地待着,不担心过去,不设想未来,也不觉负担,像伫立原地不动一般。"

他听了我的叙述之后，若有所思，久久没发一语。

清脆悦耳的鸟叫声穿透到身体里；温暖的风吹过来，钻进身体又钻出去，似乎穿越纱窗似的进进出出，无所阻隔……很享受日常的琐事，扫地、洗衣服、散散步、喝杯印度奶茶……心头没有事挂着，就自然享受当下身边的小事。

头顶开满了莲花

没事情可做，就坐着；很自然很全然地放松坐着时，发现呼吸真甜美啊，慢慢地，两眼自然地闭上，享受着呼吸……头脑里出现两股能量，结合、分开、再结合、分开……每结合一次，身体就更为放松，直至全身酥软如绵。

接着，这两股能量移至胸部的位置，结合、分开，分开又再结合的方式循环往复进行，而这回的每一次结合，像一种交融连结，如男性和女性的能量相交，也像阳性和阴性的交合。每一次的交合感觉就像一种性高潮……其中没有亢奋、兴奋与欲念，反倒是清明宁静和浑然的松软如绵。心中没有预期，只是顺着体内的现象，让它自行发生。

交合的过程在颇长的一段时间之后，渐渐平复。而身体的正中央，现出了透明、中空的管道，如一根空心的竹子……突然间，海底轮一阵轻微地震动，一股巨大而勇猛的能量，无预兆地往上直窜，沿着中空透明似竹子的管道,直上,如不可抵挡的潮水……

瞬间到了心轮的位置,短暂的停留,似乎冲不过去,也有微微冲撞的不舒服感;没多久,这股能量突围之后,在喉咙的位置也短暂停留和冲撞……再次"突围"之后,在眉心部位驻留时间稍短,然后猛然地冲上了头顶!

身体感觉非常热、非常热,豆大的汗珠如雨似的一直落个不停……头顶像荒地遇到春天,这股能量则像种子发芽似的,在顶上破土而出,冒出一株如小草似的……

而能量一波波源源不绝地不断往上蹿升上来,经过了第一次在心轮、喉轮和眉心轮的短暂停留现象后,接下来的能量就以直达的方式和迅捷的速度,一波接着一波直上顶轮,而每股能量涌上了头顶,就如破土般冒出一株一株的小草,越来越多,越来越多……终至整个头顶像长满了茂密的草丛……

接着每一株小草开始慢慢地"成长",如含苞的花正张开一般……开花!一株株如花蕾张开般在开花……开花……不断地开花,犹如百花正在盛开!

没多久,整个头顶像开满了莲花,千瓣莲花!

这时,身体的热很快地降下来,只觉清凉,无比的清凉啊!如春风吹拂的凉快,又似夏夜在院外乘凉般的舒爽!

"那只眼睛"整夜看着

晚上睡觉时,意识回归、"收进去"头脑中央那个明亮的"点",整个身体完全放松地沉睡着,而那个"点"像眼睛一样的清醒着,没有睡着,一整夜看着整个身体深沉入睡,而"我"却清醒着,真不可思议啊。

大约凌晨四点钟时,松果体升起一抹淡淡似念的东西,还没形成念头或梦境之前,"那只眼睛"一看,就如一把锐利的剑,那似念非念的东西就如一缕轻烟般消失无踪。"那只眼睛"一直清醒着,直至早上……而整个晚上,竟没有一个梦。

因为没有念,所以就没有梦。没有过去与未来,梦,也就不需要了。

醒来时,只觉从"那只眼睛"放出去般的开始苏醒,直至整个身体完全清醒。每当盘腿而坐,能量就开始从海底轮直升到头顶,直至花开遍满,清凉现前。而每个晚上,依然是身体熟睡,而那个如眼的"我"却醒着、看着,一个梦也没有的安然入眠。

我记得有位大师在讲述印度的瑜伽经时,有一句提过,"一个瑜伽行者从来都不睡觉,即使夜里,也仍然清醒着"这样的话,正与此刻体验的现象颇为相似。和尚听了我描述的奇异现象,似乎受到了激励,他把床搬到院子,拉起了蚊帐,整夜打坐,径自用功。

能量往上提升的现象,在三个星期后就停止了,代之以一束光,在头顶的上方,往下照着,如金钟罩般笼罩住整个人,身体内透出明亮的红光……

天气渐热，转眼间，与团员的约定已到，大家陆陆续续从各地赶回来。刘若瑀和阿勇最先抵达菩提迦耶，深夜来到缅甸寺庙。

刘若瑀在普那发现"葛吉夫神圣舞蹈"，而上了一系列的课程，同时遇到了骚扰，为了安全，她在旅行中跟着西方的旅人，以避免不必要的干扰。印度男性确实对女性不友善，尤其会特别欺负体型娇小的东方女性。

阿勇从加德满都到了德里车站之后，不知所措，四顾茫然，而被"旅行社"拐带到北方的克什米尔。旅途迢遥，第三天到了斯里那加（Srinagar），天寒地冻，偶尔还会下雪，住在被安排的船屋里。三天之后，被索费 500 美金！他带着沮丧的心情，辗转到了瓦拉纳西，心中有股无奈不甘，又说不出来的郁闷。

有一天，他坐在恒河边，从早上坐到傍晚，不动。当他看到傍晚光灿温润的暮色时，连日来在心中的郁闷沮丧、不甘和无奈的纠葛，突然间随着日落西沉，心中一块石头也随之落下，顷刻间心头的一片乌云消散，顿觉轻松自在，畅然无事！

阿勇在恒河边遇到刘若瑀，像他乡遇故知，两人就结伴而行。

"啊，恭喜你！"我说，"有些人即使花了五百万美金，也买不到这样深刻的了悟和放下啊！"

菩提迦耶宁谧的小镇氛围，使得刚从印度各地体验回来的团员，欢喜和放松的心情溢于脸庞。生活上，也已练就如何和印度人相往来了。

离开前,和尚特别煮了家乡菜为大家饯行。我说:"师父,这次我可以以财供养你了。"

一段无忧无虑的生活

一行六人,由于人多气壮,旅行起来格外轻松,火车上的互相照应,也让彼此有了某种心灵默契。到了达兰萨拉之后,我们过了一段无忧无虑的生活;住在一片放眼皆梯田的民家,也过着简朴自然的时光。我找了不远处一块收割完的田地,在树下静坐,犹如进入一片混沌中,时间不存在似的……有时听到司厨的阿晖,饭铃响起,才知道已经坐了两三个小时,却感觉如一刻钟般短暂。

偶然看到田边一朵不知名小花,怔怔地"入神",顿然间整个世界似乎消失般,独与花相知。而入神,即出神,出神即入神,二者如一。五月底,经气温像焚烧似的德里,到加尔各答,回家。

在机场,因阿勇忘了盖入境章,海关人员欲以"偷渡"罪名置留阿勇,而整个飞机正等待我们这批最后的旅客。无奈之下,塞了100美金请海关人员"喝茶",最后才终于放行。

木栅　老泉山

千里之遥，始于当下一步，正如云脚的过程，目标虽然在远方，但终究会到达。

从喜马拉雅山,回到老泉山,似乎有种从世外回来与世无争的生活步调。有颇长的一段时间,团员都以一种悠缓的印度式脚步在工作。直到纽约台北文化中心的演出迫在眉睫,排练的次数才越来越密集、紧张的生活步调也逐渐加快,头脑的念头慢慢地又丛生。

纽约演出回来后,秀妹加入了剧团。有一段时间,除了大大小小的演出、击鼓训练和太极导引之外,刘若瑀亦加入了葛托夫斯基(Jerzy Grotowski)训练法。

葛氏训练法非常严格,非常耗费体力,一套训练下来,往往有三个小时在山林间不停地奔跑。着重点除了"警觉"、"有意识"的"活在当下"之外,也训练演员的"有机性",像是一头动物一样,直觉观察当时的状况,产生有机的对应,而非制式的反应模式。在快速的奔跑中,头脑的思索被抛离而无法介入身体的行动,身体就只能赤裸裸的反应而不被头脑的制式化所制约。每一次的葛氏训练之后,总是大汗淋漓,似乎经历了某种"艰困"后的畅快感。

而下一次训练来临之前,总有心理上的挣扎和必须突破的制约,却总在"该来的总会来,别逃避了,来吧"的赴战心理对话后,又再一次"逼迫"自己的极限和潜能被激发出来……两三个小时之后,又是一身淋漓的汗水和"胜利"的畅然。

训练结束后,没有人说话或主动与别人交谈,每个人总会找到自己的角落,安静地擦汗,喝水,孤独地和自己在一起……然后,等待接下来的训练。

有时,时值傍晚,煮了大锅面果腹之后,每个人总会找到一块石头、草地或阶梯,聆听周遭的虫鸣,一边驱赶扰人的蚊子,一边欣赏辉煌的落日,直至西沉。虫鸣渐清寂,便起身点燃蜡烛,火光把排练场照得通明,继续下一个果氏训练法……记忆中最深刻的一次训练,是住在山上的三天密集训练。

林中三天三夜

时值深冬,集训开始的时间,是凌晨12点,而那天晚上,正巧碰上大寒流来袭,山下大约十摄氏度,而山上,我想,五到八度吧,非常的寒冷,天空正下着绵绵细雨。

我们在山上的大草坪上,生了一堆柴火,然后开始以火堆为中心,聆听观察,身体以低姿势缓缓地移动,慢慢地,脚步越加越快,接下来就是不断往各个方向"占领空间"的奔跑;人与人的肢体互动;瞬间"停止"……最后是绕着火堆,不停地奔跑,奔跑,奔跑,头脑里早已忘却什么时候可以停下来的念头……

我只觉得过了运动学上所谓的"死点"后,呼吸已经不急促,而以腹部起伏呼吸着,似乎有股用不完的力量和无穷的体力,在带领着奔跑,越跑越热,就把身上一件一件的衣服脱掉,最后赤着胳膊,身上的汗仍然不停地冒,寒流细雨的冬夜,亦不觉寒冷……我记得那天至少不间断地跑了三个小时。

因为长时间的奔跑,最后一天,膝盖外侧已隐隐作痛,忍着痛,在山里上坡下坡地跑完了三个小时的训练。大家都知道,那三天中,每个人身上总有一些酸痛,但没有人喊痛或抱怨,所有的不舒服只能在心中默默承受和感受。

有一次,我记得阿勇是带领者,那时,也刚好是秋冬之际,芒花盛开,而昨夜下了雨,木造舞台的地板上渍了一滩浅水。男生赤膊奔跑之际,只见阿勇一头滚进芒草堆里,所有人不假思索也滚卷进去,只觉如刀割的芒草把全身刮得滋滋生痛,有种突然间全身上下被猛然摇醒过来的感觉。而第二次阿勇再滚进芒草堆里时,头脑虽然拒绝,不想再经历割肤之痛,但身体却毫不思索犹豫,已第一时间跟着领导者的脚步,再次经历切割的痛和警醒!

像勇士一般的阿勇,没多久,只见他一头栽滚进昨夜的渍水中,大家也毫不犹豫地跟进。冰冷的水,加上刚被芒草割成一道道的伤痕,碰到水的刹那,冰冷蚀骨加上刺痛,倍加让人猛然又苏醒过来……

再次滚进水里时,我记得有一两位团员突然闪躲,刘若瑀看见了大喊:"别逃避,跟着领导者!"

那天与芒草共舞和戏水的训练真是说不出来的"痛快"啊!葛氏训练法之严酷,总让人无可闪躲,你只能坚定前行,义无反顾!除此之外,别无他法。一旦你决定准备直接面对,和坦然接受的"来吧",你会有种战胜自己的胜利感。

在第一次不知情之下经历"痛苦",那不算什么,反正过去了;

当第二次"知道"而再来时,头脑总是想逃避或拒绝即将迎面而至的"痛苦"。但当你无法选择逃避或拒绝时,心里瞬间就会产生一股无惧的力量。

编织流水

有一天,看到林谷芳老师的一篇文章,而去找老师为我们概说道与艺术在东方的艺术观。当第一次听到"道艺一体"这句话的拈提时,心中有种恍然。他说:"中国艺术,自古以来都是道艺一体的示现,离乎道,艺则如花之无根,无有实然。"让我印象深刻。至此,我才有"道和艺术原来是可以相生相合"的豁然感与目标感。

当我告诉他在印度学"活在当下"法门时,他说:"当下,是禅的特质之一。"心中顿觉有种笃然和确定感,隐然觉得林老师的背后有种既广又深密的通达了知。

我和刘若瑀结缡之后,在她待产的时间里,带着一种即将为父,又等待孩子来临的未知感。那时期,走在山上的路上,心里有种没有前也没有后的心情,一如此刻的初夏将临。到了山上之后,带着团员盘着腿,练习小鼓的基本打法。每次练完,心中总会出现一小段旋律。

就这样,没有什么预想,每天就把心中浮现的节奏和鼓点一点一滴的累积,编创出来。有时一天当中,也不过只有七八个小节而已,心里出现的节奏到哪里,当天就编到那里,不勉强,也不费心费力。慢慢地,一个月之后,孩子出生,这首曲子,"流水",也编作完了。

阿勇和阿晖各自也创作了"悔者迟"和"……";产后的刘若瑀,则以新生命来临的感悟,创作"出生落叶"。作品以旅程为轴,引领着观众穿梭山林间四个不同的场域,述说生命从"出生"到叶落的生命之旅。

演出后没多久,"亚维农艺术节"(Festival d'Avignon)的艺术总监费弗达谢(Bernard Faivre d'Avrcier)透过巴黎台北文化中心的居中牵线,来台湾地区参访各个表演艺术团体。费弗达谢在山上看了优的演出之后,独钟"流水"。但他一句话都没说,也没有任何评论,更没有明确的口头邀约,只说:"我会再回来的。"

把心放在脚下

早些年,剧团曾经跟随白沙屯妈祖徒步进香的经验,刘若瑀于是策划"云脚台湾",走一天路打一场鼓的训练和演出方式,从垦丁走回台北。云脚之前,为仁、昭宜加入剧团。

云脚前,剧团短暂去了一次印度,在普那义演后,团员也各自在印度各地自助旅行了两个星期。从印度回来之前,路过中国香港,阿海(张艺生)好奇及想了解静心,而加入了剧团。小琳(黄智琳)则自愿参与整个云脚过程,凭其毅力,之后正式入团。

出发去垦丁之前,每个人心中都有种忐忑的心情,400多公里的路程,能不能真的走完?路程中频繁地演出,撑得住吗?

云脚前一晚,我以在菩提迦耶练习当下走路的方法与团员共勉。"把心放在脚下,一步一步地走,目标虽在远方,但只要一步接着一步,目的地纵使很远,总会有到达的一天。千里之行,始于当下一步,就只有'一步'。"

就这样,27天,一步紧接着一步,步步如实地走。虽然前几天的不舒服,脚底起了水泡,发炎、发烧,脚酸脚痛,以及硬挺着疲累的身体演出……七八天之后,脚步如轮顺畅,不论风大雨大,渐入行云之境,没有人放弃,也没有人坐上车,步步实履,安步当车地走回了台北。

在大安森林公园最后一场演出,经历了身心的艰困与步步如实,只觉得鼓声像狂风暴雨席卷而来,而每个表演者却安静地若处于台风之眼般正定。

云脚之后,回到老泉山,费弗达谢再度到山上参访,确定邀请优人去"亚维农艺术节"演出,但他提醒说,"目前你们演出的曲目时间太短,要把演出内容加长。""明年我会再回来,看你们完整的作品。"

费弗达谢的口头邀请给了优一剂强心针,剧团也有了一个明确的目标。但演出的名称是什么,以及要如何发展其他的曲目作品,心中还是没有什么头绪,只知道当时有"奔腾"和"流水"两首曲子。

云脚之后，阿努拉（黄焜明）、忠良加入了剧团。

听海之心

有一天，不知从哪里听到这么一句偈语："梵音海潮音，胜彼世间音"，心中有所触，就以大神鼓、大铜锣和大抄锣创作了"海潮音"。大神鼓像一波波浪潮，生生不息地滚动，大抄锣则如海涛的冲击狂啸，大铜锣以低沉的声波，如大海般深沉深邃。

三件体积庞大的乐器，音色各有迥异，演奏出壮阔的"海潮音"，而这个作品最后加入独唱，如站立山顶上呼唤大自然，增添辽阔苍茫之感；而曲末，小钵的清脆，似有若无，把壮阔的天地大化，摄入点点清明中。

而"听海之心"的曲子，前身是"听浪"。剧团有一次去韩国釜山的通度寺参观，清晨四点，寺里的和尚轮番接手，击起大鼓，密不通风的鼓声唤醒山林及寺内行者。击鼓之后，其中一位和尚，以粗长的木槌，撞击大钟。钟声在身旁环绕回旋，似触未触，却余韵深长延远，似尽未尽，顷刻间将人心引入内在的空荡，沉静在虚旷宽广的境界。

我想到云脚时候，在各地庙会的阵头仪式中的大锣声音，沉缓绵远，于是以大锣、排锣和鼓，结合某次在垦丁海边静坐，夜听浪潮的意象，编作"听浪"。

曲子并没有想象中的好。直到剧团应巴黎台北文化中心的演出，其中有一曲"独酌"，以大锣的独奏，传达孤寂的况味。排练时，在空荡的排练场，面对铜锣而坐，正在发愁不知如何下手编作时，突然间看到年仅八岁的女儿，拿着扫把闯进排练场玩耍。刹那间灵机一动，心想，"如果把锣槌加长，会是如何呢？"

而当我看见加长的锣槌出现时，猛然间回忆起寺院和尚用粗长木槌撞钟的画面、动作，以及回荡空山的意象。于是就以弓箭步为基本步伐，敲击铜锣如撞钟，而慢慢地发展出以武术动作为用的移步跳跃。

"独酌"之后，我把长锣槌击锣的动作，改编成以五面铜锣为主的"听海之心"。在重新编作之初，到了最后一大段，以翻滚跳跃的蹦子为主的组合动作中，却因为团员练拳术，身体没有数拍子的舞蹈经验，而着实花费了一番功夫和时间，练习如何把"拍子"和"动作"做连结。

曲末，环绕回荡的钟声意象，与苏菲旋转的不断回旋做了连结，将"声音"可视化。演员不间断的旋转，延绵悠远，最后慢慢地消融入无的意象，似尽未尽……这首曲子，可以说是优人把"声音"和"身体"结合起来的第一个最具体的作品，也是在国际巡演中，最受观众喜爱的一首曲子。

来年，费弗达谢再次来到山上，看完了以"崩"（奔腾）、"流水"、"听海之心"、"冲岩"和"海潮音"五个段落串联起来的《听海之心》

之后,甚是满意,敲定了来年的"亚维农艺术节",在石矿区(Carriere de Boulbon)演出六场。

虽然优曾在中国香港、新加坡、韩国、伦敦等地已有国际演出经验,中国香港演完《出生落叶》,甚至有超过30篇的评论,而在伦敦的 The Place 剧院,"流水"一曲结束,观众击掌踩脚,声声不绝,观众甚为赞赏。但是进入世界三大艺术节之一的亚维农,对优而言,是大事中之大事。

拉黑子的漂流木

亚维农演出日期敲定之后,剧团再次展开云脚,从日月潭起脚,南下经南回,走东部,拜访原住民部落。在花莲丰滨大港口,拜访雕刻家拉黑子,相谈甚欢。我印象最深刻的,就是他喜欢台风天,大家都待到家里躲避风雨,唯独他溯溪入山,与风雨相融的天人体验。他对部落的信诚热情也一一地融入他的作品中。于是,刘若瑀力邀拉黑子,为《听海之心》创作锣架、鼓架。

拉黑子以台风过后、断折飘落海上的漂流木,创作出了气势雄伟、浑然天成的锣鼓架,一如他的傲然不羁。然而,他在交出作品之前,特别邀请部落的大长老举行仪式,他说:"没有部落的精神山,就没有这些作品的诞生。"却又丝毫不居功的谦卑,令人起敬。

而叶锦添为《听海之心》设计的服装,也是在拉黑子的家里"激出来的。那天晚上，喝着闷酒的拉黑子，述说他创作的锣架鼓架与自然、部落相应的心理历程。整晚，叶锦添一句话没说，只是聆听，一整晚的聆听……

回到台北后，叶锦添把之前繁复华丽的设计风格，改成简约素朴到不像叶锦添风格的服装，"我明白了。"他说，"我只需为一群在山上工作的优人找到贴近自然的服装就好，并不需要华丽。"

林克华的舞台设计，则大方简洁。他从老泉山用枕木搭建的舞台为构想，用木头搭设了几个高台，配以小桥流水，和一片广阔的舞台，恰与石矿区的粗犷大气相融相合，浑然一体。

"灯光以一天的时辰变化为架构，从黎明、正午、黄昏到夜晚的光的变化为设计，这是大自然中最自然的光影，而与优人在大自然工作遥相呼应。"林克华说。

《听海之心》一步步地，集众人之广思而成就。

优人自东部云脚回来后，感染了原住民的好客和达观的天性，编作了"鼓舞"，以说唱，原住民的歌曲，创作出少见的欢欣愉悦的鼓曲。而我自觉得，我并非有创作概念和方向的所谓创作者，生活中，当下的时刻，碰到了有所感的事物，只是把这些点滴消化反刍出来而已。心里也没有未来的创作蓝图，如实地踩稳眼前的一步，第二步自然会来临，然后再踏实地走好眼前这一步，下一步也会自然来临，不须想下一步以外的事情。

《听海之心》亦如是，一步一步的摸索，一点一滴的累积，正如云脚的过程，千里之遥，始于当下一步，就只需照顾好脚下的"一步"，目标虽然在看不见的远方，但终究会到达。

四年之后，《听海之心》完成了。

一切即剑

而这期间，最关键的是林谷芳老师"道艺一体"的拈提。有很长一段时间，每个星期一次在木栅的社会大学谛听林老师"禅与艺术"的讲课。每次上完课，心若有所开，意若有所解，心中有种似有所感的充实饱满。印象中，有几个故事让人特别深刻难忘。

宫本武藏与佐佐木小次郎在严流岛一役，"是'一切即剑'击败了'剑即一切'！"

决斗前一天武藏登岛观察地形，细致观察日出的光射，而第二天又刻意迟到，使小次郎心躁。光影是剑！时辰是剑！使对方心躁不安亦是剑！而视"剑即一切"，与自身生命等观的小次郎，终究不敌，为'一切即剑'的武藏所伏！"

"而战败的小次郎，含笑而逝。因为，他见证了天下第一剑，并非剑术。而往后的天下第一剑之盛名，武藏却要一辈子扛在肩上，毕生非得持守和追求天下第一剑的高度。"

"而事后的武藏，晚年时弃剑而达致神武不杀之境。"

从林老师口中说出来的故事，竟然如此轻易地，把人的心量拓宽到如此深广的神往境界，丝毫不费吹灰之力。

还有诸如"两头俱截断，一剑倚天寒"、"说似一物即不中"的不落两边的禅宗精神。以及"如人饮水，冷暖自知"的亲证拈提之外，他也会提到净土世界的"观念即实在"，以及禅穷密富。禅以减法而简，而密以仪轨、手印、咒语等次弟建构的层层堆栈，最后却是"一身裸露"和"疯癫行"的禅密殊途同归。

禅与艺术

他谈到艺术的部分，除了提到艺术"以偏概全"之外，他说，"艺术家自由想象，试图打破格局藩篱，在看似天马行空的'自由'创作中，却不免落入窠臼，而宗教行者在看似严格绵密而不得自由的戒律之下，却能开展出生命的无限自由与开阔。"

他举弘一大师为例，弘一放弃了才子般的艺术才华，而遁入以戒为归依的律宗，以书法传世，却以禅宗的无碍，书"天心月圆"而圆寂于世。实令人难以揣测，艺术家性格的弘一，生命的归依处竟是戒律森严的律宗。他讲到天童宏智"秋水连天"的辞世语时，竟隐然浮出一种与天地同化的消融无隔之美。

"这就是所谓的浪漫，也只有行者体得生命之浪漫，而非午后啜饮一杯咖啡之悠闲所能比拟。"

最让我印象深刻的，是林老师讲述日本茶圣千利休与浪人武士对决的故事。千利休随幕府将军,以茶师乔装成武师,佩剑入京。一日在城中,与一个浪人武士擦肩,发生冲突,浪人见千利休佩剑,遂约其午后于郊外决斗。千利休应允赴约,心想:"自己虽未学过武,但如何在决斗中从容赴死,而不失幕府武士之威仪呢?"正踌躇间,抬头见一剑道馆,于是入馆请教,他向剑馆教头说明原委后,教头说:"那你先沏壶茶,我想想如何教你从容赴死。"于是,千利休就沏茶如入三昧之境,教头惊讶于千利休沏茶手法之利落纯熟,不论举壶、落壶,动静一如气势慑人,入于定境而不滞于静。教头喝茶后,说:"有了,在你决斗时,你只需举剑如举壶,然后就可不失威仪而能从容赴死矣。"千利休问:"就这么简单?""是的,就这么简单。"教头说。于是千利休与浪人武士决斗时,拔剑如举壶,入于三昧,准备从容赴死,其不动之姿,却有令人难入之气势,虽处处空门,却处处无门可入。浪人武士欲攻难攻,欲入而不能入,终至慑于千利休之气度,落荒而逃。

"艺术最动人的地方就在此,"他说,"不容置疑的是千利休基本功深厚,在契入三昧境之前,其必日日举壶、落壶,不下千次之锻炼与绵密功夫。一日,功行一如,"啪"地就契于如境也。有一段时间,我非常的迷戏,台上的演员演出贵妃醉酒,竟仿也随贵妃酒醉般,入于醉境。我们都晓得,台上的一举一动都非真实,但何以致人以迷醉,而终至相信呢?"

"一个演员在台上演出,让台下的观众信以为真的关键,其奥秘所在，就是'三密合一'。"

"当身密、语密、意密，三密合一，一个人就'变身'了！"当时听到这句话，心中真是非常震撼，老师竟能以修持的境界切入表演的有形而偏颇的世界！也终于明白，原本道与艺是可以相通相契的，二者虽然在本质上相矛盾，但道却可入于一切而无隔。

那段和林老师上课的日子，都在令我思索表演的可能性和企及的高度，以及他把艺术融归到与自身生命相契的观念，深深地有所触动。"艺术的境界，来自于艺术家对生命的超越，而非技术的琢磨。"

优剧场在亚维农

然而，亚维农的演出，让人丝毫不敢大意，团员都知道，此役非同小可只能如履薄冰，谨慎面对！我们在山上剧场搭建了相似的舞台，在烈日下，挥汗如雨的模拟演出实境。

1998年8月，我们来到亚维农。

只记得首演那天晚上，我们在烈日下一直排练到晚上9点30分，眼看观众即将入场了，我们才匆匆下了舞台，剩下半小时时间，换装，准备上场。首演就在匆匆而不及备战的心情下，在宁静开阔，星空如洗的石矿区搭建的舞台开始了。

六场演出结束，评论陆陆续出现。

训练宛若军队般严整，同时又展现出纯熟技术的奇观

——法国《费加罗报》

亚维农近来流传着一个说法，那就是"今年亚维农艺术节的最佳表演"是来自中国台湾地区的优表演艺术剧团所演出的"听海之心"。

——法国《世界报》

这些音乐家闭目向观众谢幕，仿佛希望神话里面奥林匹亚山上的众神一般地不想太快回到人间

——法国《世界报》

确实，名不见经传的剧团，在首演之后，靠着观众的风评，在亚维农城口耳相传开来。不错的评论也为剧团带来了日后邀约不断的国际巡演。尤其是 2000 年的千禧年，优人在国内外不停地奔波巡演《听海之心》。光是在欧洲，就前后待了将近四个月的时间。

虽然《听海之心》的作品结构颇为完整，但在亚维农演完之后，总觉得少了什么。每次重演，总会细修。第二年，《听海之心》应台北国际艺术节邀请，在大安森林公园再次演出，突然忆起了击鼓撞钟之后，诵念经文的梵唱声，于是，在击锣中加入了梵唱声和木鱼的音色，以及秀妹的歌声和云锣的轻吟，这首曲子至此才算完整。

亚维农之后,阿勇因为胃出血退出剧团,令人扼腕。

目击"行动"

2000年秋季的欧洲巡演,两个月的旅行结束之即,刘若瑀联络了葛氏在意大利庞地德罗(Pontedera)的工作坊(Workcenter of Jerzy Grotowski and Thomas Richards)。

我们一行18人,被分成3个梯次,6人一组,分别在3个晚上"目击"(witness)由托马斯·理查德(Thomas Richard)带领的"行动"。

歌声和身体的"行动"让人震撼与感动,7个行动者仿佛没有"自我",但个人的特质却又如此鲜明。而在背后,借着某种严谨又纪律严明的训练之下,人的"个性"却又似乎消融在回荡的歌声里。

尤其是"目击"行动的那天晚上,接我们去work centre(工作中心)的一位表演者,把我们6人带到谷仓改建的工作坊时,他一声不响地,以缓慢而不匆促的脚步引领我们上去二楼的身影。二楼是一扇紧闭的木造门,他没有立即推门而入,而是轻轻地举手叩门,然后静静地等待,仿佛处在一种不知道里面是否有人的未知感,当然,门内一定是有人的。没多久,门轻轻打开,马里奥·比亚吉奥(Mario Biagini,工作坊另一个中心人物)——和大家握手,介绍自己,也探问,"你是谁?"

马里奥把我们带到厨房,喝杯茶,不多久,托马斯进来,简单扼要地说明了接下来的"行动"。简短简约,不多话,然后请我们稍等,他们去换上"行动"的服装。

在静默的等待中,只见谷仓的门一打开,迅雷不及掩耳的7个行动者,就以歌声和行动之姿,瞬间改变了整个空间的氛围,饱满的能量流动而充满了整个排练场……

想起印度

目击"行动"之后,回到饭店,我脑海中还在萦绕着那位引领我们上二楼,缓慢的步履,优雅的叩门,未知的等待者的一举一动,他看起来是如此的清楚和觉知……

啊,我想起印度。

我想起那段清楚、精进、觉知,在菩提迦耶习法的日子。当晚,和刘若瑀深谈,她也觉得剧团不应该因为过于繁忙而乱了脚步,最后我们拟定了让剧团暂停三个月的计划,让一切先沉淀下来,再走下一步。

回头看看,几年下来,团员来来去去的,剧团中几位坚持下来的,阿晖、秀妹、小琳、阿努拉、阿海、博仁、刘若瑀和我,在奔波的巡演中也累了,剧团也该暂歇脚步,蓄积能量,再往前走。

繁忙的巡演后,和团员商量后决定,三个月的暂停期间里,秀妹回到部落;小琳在外面找到别的工作,体验山下红尘般的工作方式;

阿海则游走港台地区；阿努拉留在山上，练拳练鼓，偶尔割草……刘若瑀留在台北，却无意间展开了一段学习藏密佛法的因缘，这也是后来衍生出《金刚心》的缘起之因了。

而我，决定回到魂牵梦萦的印度菩提迦耶。本来，刘若瑀认为我对艺术的敏感度和表达艺术的情感能力不足，建议我去意大利和托马斯工作一段时间，但我不想，因为印度对我的吸引力太强大了，我向往清楚、警觉、觉知的习法日子。在林谷芳老师一席话的劝说和分析后，刘若瑀终于应允让我只身去印度。

而直觉告诉我，有些什么事情会在旅程中发生。

临行前，我交代两个孩子要乖，要听妈妈的话，爸爸去印度旅行，三个月之后就回来了。随手抓了三本书，《六祖坛经》、《楞严经》，以及葛吉夫的第四道《探索奇迹》。2001年，二月中旬我就出发了。

重回印度

我体悟到,
"没有技术就没有艺术",
而只有"技术",也不会有"艺术"!

我如往常待在曼谷几天，住在一端是清静寺庙，另一端是走私跑单帮的龙蛇混居、从中午开始即喧腾到夜半的考山路。

不知是否久隐于山林，只觉心地开明、心情跃然，坐在街边的咖啡厅，却着实的"瞧见"了考山路的熙来攘往，好像有另一双眼睛在看着，正发生的事，行走其中的人群，以及人心中欲望、渴望、空虚、虚幻不定、放纵、欢悦、失落……都被看见了，洞见了。我特别喜欢看蜷缩在角落兀自熟睡的老狗，在扰攘中似乎自离于尘世，独享闲情。原本在胸臆间有一道横亘着的"东西"，不知是戒律和道德或多年自守的矜持，竟发现逐渐地凋落，好像一束捆缚了许多年的绳索正在融解，有种慢慢开展的豁然……

回望木栅老泉山那几年一点一滴的生活，在不停地寻找，摸索着击鼓的形式与内涵，训练团员，同时也被训练，如何把所知道的当下、静心和艺术结合，也想着如何转化武术的身体语言，进而与音乐相合的探寻中，而把印度搁于身外。

偶尔，在深夜的梦里，不时梦见恒河，石刻的佛像、雪山和搭火车的景象，醒来已来不及回味，就上山工作去了。

别人看我喜怒不形于色，不羁凡情的冷酷和无趣，但生活里，孩子们的病与痛，人与人之间的情绪牵动，在所避免。但总先把嗔喜怨怒，置于胸怀而不形于外，细细咀嚼消化之，试图不与之认同和被牵连。

几年下来优人也从台北的郊外山林，走进欧美的各大艺术节，而此刻暂时跳开老泉山，独自一人，才比较客观地审视那几年的所有训练、排练,和下功夫的工作,不知不觉间却也奠定了深厚的基础。

以"人"为基点

直达印度的班机已经客满,只好转搭孟加拉国航空,经达卡转加尔各答。在等待的几天中,我常常坐在街边的咖啡厅,翻阅随身带来的一本书——《探索奇迹》。

刘若瑀在普那和日万(Jivan)老师学的"神圣舞蹈",又名"葛吉夫动作",这本书就是葛吉夫的大弟子,邬斯宾斯基(以下简称邬氏)记录第四道大师葛吉夫当时的教学语录。看着看着,不禁入神,而且常有种"被冲击"和"明白"的感觉。第四道上至天文宇宙,下至化学、音乐、艺术,以及个人的修持,都蕴含其中,而且相扣相应。广如宇宙瀚海,小至个人修行,竟是如此紧密不分,一个人的内在与浩瀚不可知的宇宙是密切相关的。

葛吉夫的话,像是揭开生命的另一种可能性,以及他强而有力一针见血的见解,把人的局限和"幻觉"提点出来和一一刺穿。他把人"自以为是"、"自以为拥有"的错误幻觉,和人可以达成最大的可能性,做了一个概述,而这样的概述却让人想拨云见日,一窥堂奥。

不管何以浩瀚,葛吉夫都回归到以"人"为基点来谈论,"认识自己"、"记得自己","有意识地",是人"成长"的唯一条件。这个基点和云游师父所强调的一样,有意识地活在当下,看见自己,

"记得"自己的一举一动,警觉心念的升灭,有共通相谋之处。我细细地推敲着葛吉夫深具启思的话:

人,不认识自己。当人开始认识自己一点,他会看出自身可怕的一面,因此决心要丢弃,要停止,要终结这一面。

或者当他开始认识自己,他会发现自己一无所有,所有他自以为属于自己的观念、思想、信念、品味、习惯,甚至缺点和恶习,全都不属于他,而是由模仿或抄袭现成事物而得。

能体会这一点,人就会觉得自己一文不值;觉得自己一文不值,才能看清自己的真面目。为了能一直看见一件事情,人首先必须看见它,即使只有一秒钟也好。所有新的力量及领悟能力都来自这个方法。这方法也适用于清醒。

但有上千件事情阻止人清醒,令他继续受睡梦控制,为了要有意识执行想要清醒的意图,我们必须知道使人滞留在昏睡中的那些力量的性质。首先我们必须明白人类的处境并不是一般睡眠,而是催眠。

清醒意味着"解除催眠"。

理论上人可以清醒,但实际上几乎不可能,因为当人一睁开双眼醒来时,所有使他"睡着"的力量,又会以十倍的力量使他立刻"睡着"。

当"催眠"这个字映入眼帘,我想起云游师父也曾大声而疾言地说过,"醒过来!""觉察,觉醒!"这样的提醒。

而当我们曾经观察心念的活动,一定也会知道被不知从何处升起的心念牵着走,而陷入无数个昨日的回忆、想象或未来的事件中,而终至"失去"了自己。

我们被难以控制的此起彼伏的念头，催眠似地生活着。

"有意识地，就是'我知道我在做什么'。"云游师父曾经这么说过。而禅宗的"知仍众妙之门"的"知"，似乎和"有意识"有相通之处。

人缺乏统一性。人所犯的其中一个严重错误，就是他对关于"我"的幻想。葛吉夫继续说下去，他的"我"如同他的想法、感觉以及心情一样快速改变，而他认为自己一直是一个，并且是同一个人；事实上，他一直是不同的人，此刻的他与前一刻的他并不是同一个人。人并没有永久与不变的我。人并没有单一的我，而是有几百、几千各自分开的小我。他们彼此之间经常完全互不相识，从未互相接触，或刚好相反，彼此互相敌对，互相排斥与势不两立。每一分钟，每一时刻，人说着或想着"我"，每一次他的"我"都不一样，此时它是个想法，下一刻它是个欲望，再下一刻它是个感觉，然后又是另一个想法，等等，无止无休。

人是个复数。人没有单一性，没有单一的大我，人被分裂成一大群的小我。

人类的进化是有意识奋斗的结果，大自然并不需要这进化，也努力反抗它。进化只能对个人是必要的。进化能让人了解他的处境，并明白改变这处境的可能性，以及它拥有未善用的力量与尚未看到的财富。

人的进化是他意识的进化，而"意识"不能无意识的进化。人的进化是他的意志的进化,而"意志"不能非自愿的进化。

啊,我想起当时在菩提迦耶习法时,云游师父如何教我们把"意识"用在日常生活中,走路时把意识放在脚下,一步一步地走,吃饭时把意识放在味觉上品尝,听时、看时,清楚分明地,有意识地听和看。

那真是一段非常艰苦的奋斗和对抗的过程,不时与自己纷至沓来的强大习性和心念拉扯,极力活在当下的努力如果没有认知到"当下是唯一真实的片刻",谁又会去练习和挣扎地在日常生活中"有意识地"下功夫呢?

思想停顿了!

这本书的现场记录者,邬氏在书中某个章节,做了对"记得自己"的经验描述,几乎就是在菩提迦耶修习"活在当下"、"看着自己",尝试分分秒秒警觉地生活的描述!邬氏说:

我试着在观察自己时"记得我自己"。第一次的尝试就把我难倒了。尝试记得自己毫无所得,除了显示了我们根本从不记得自己。

你们还奢望什么?葛吉夫说道,"这个觉察非常重要,知道这件事的人就已经知道很多了,问题是没有人知道。如果你问一个人他是否记得自己,他一定回答可以。如果你告诉他,他不能记得自己,他一定会生气,要不就认为你是个大傻瓜。这所有的生活,人类存在的一切，及所有的盲目，都是根源于此。如果一个人真的知道他不能记得自己，他就快要了解他的素质了。"

当我尝试去记得自己或意识自己，告诉自己"我"正在走路，"我"正在做，在我持续觉察这个我时，思想就停顿了！

当我在感觉"我"时，我不能思考也不能讲话，甚至感觉也变得迟钝，而且用这种方法也只能记得自己片刻而已。当我在观察某件事物时，我的注意力朝向被观察的对象，是一条单向射线：我→被观察的对象。

在这同时，我试着记得自己，我的注意力既朝向被观察的物体，也朝向我自己，成为双向射线：我←→被观察的对象。

由这方法而得的记得自己，不同于"感觉自己"或"自我分析"；它是一个全新又有趣的状态，却有着异常熟悉的况味。

是的，"它是一个全新又有趣的状态"！当一个人全然处于当下时，即使最平常平凡的事物，所体验的意象都分外的鲜明活泼，心中会升起，"为什么在身边的事物，我以前从来没有发现过！"而且这最平常、平凡的事物，此刻却以一种清新而亲切的感觉与你同在一起，而"有着异常熟悉的况味。"

正如上述的描述，你会同时"看见"自己和"被观察的对象"，也会感到有一个力量,同时往外同时往内，朝向物与我的"双向射线"。而此同时，还有如"一只眼睛"般的，正在看着物我两者。而这"一只眼睛"是邬氏并未觉察到的。

这样的"双向射线"使得自己和外在世界建构了一座连结的桥梁，不再是单向的观察、朝向，攀附执迷于所观之物，或反之沉浸于自身世界的耽溺。

你会感知到自己清楚分明地存在着。

邬氏继续描述：

例如旅游时处在陌生人当中，突然审视四周说："好奇怪！我竟然在这里！"；或来自非常情绪化的时候，或是在危险的当刻，当一个人听到自己的声音，并且从外面反观自己。现在，工作不再是个空洞的词句，而成为充满意义的事实。因为这点，心理学变成一门精确又实际的学科。欧洲及西方心理学一般都忽略了一个极为重要的事实，那就是"我们不记得自己"；我们在熟睡中生活、行动、思考，这并不是比喻，而是千真万确的事实。

白日梦活动

也不知沉浸在书中多久时间了，不知不觉中，考山路已华灯初上，喧闹声和不停穿梭的人潮，在午后的炎热消退后，傍晚微凉的风里，使得这里更加热闹滚滚了。我舍不得阖上书本，书里似有珍贵的"知识"正等待挖掘。

人这部机器的所有活动都可以归为四个特定的组群，各有它自己特别的心灵或"中心"控制。人在观察自己时，必须要区分他这部机器的四个基本机能：即理智、情感、运动，以及本能机能，在自己身上观察到的每一个现象都与这四个机能有关。每个中心都有自己的记忆，联想与思考。

想象是诸中心工作不当的主要原因之一，每个中心都有自己的想象和白日梦。观察想象和白日梦的活动是研究自己的重头戏之一。

而当我看到葛吉夫接下来的这句话："下一个观察目标该是一般的习惯。"心中突然升起某种恍然，某种广阔开展的感觉。心想，我食素八年，身体和心理一定存有某种习性和排斥，当打破这个惯性时，身心内外会有怎样的反应呢？

于是，我尝试吃肉。

当我接受吃肉这大胆的自我建议时，吃下去时胃并没有什么特别反应，倒是胸口有股强烈的感觉和心跳加速。

接下来几次，我试着吃一块一块的肉，我小心地吃，警醒地吃，肉的弹性和韧性以及浓烈的气味，使我觉得味觉、嗅觉有种强力被唤醒过来的感觉，胸臆间产生一股抗能，像强而有力的锐器，冲击内在已经形成固体的障碍，努力打破某种框架和禁忌。心中突然有种奇特的直觉，这三个月的旅程，似乎会经历一些事，心中突然升起一股强烈的兴趣和动力，等待着前方的未知。

也因为骤然离开了老泉山，那几年像闷葫芦闭门造车的训练和排练工作，此刻跳出来看出了脉络相连，也突然看到自己的身心已具备了扎实的基础，正等着再往前一步。也许，有一段时间，不要过静修的生活，而是去旅行，走入市场、人群，走入自己预设不想或拒绝去的地方，去体验种种有趣，我想。

知行合一，理事双融

往孟加拉国达卡的旅途上，我仍然手不释卷，继续和葛吉夫先生的"对话"，他是在和"你"面对面地谈话，不是官僚似的说教，而是像摊开一张有关身心的地图，指出人的状况和可能性；有一段，他以"马车"做比喻：

在某些东方教学用语中，第一个称为"车身"（肉体），第二个称为"马"（感觉、欲望），第三个称为"驾驶"（理智），第四个称为"主人"我、意识、意志）。

就"人"这字的完整意义来说，一个达成完全发展可能性的人，实际上包含了四个身体。这四个身体是由变得越来越精细的物质所组成。

人是一个复杂的组织，在这复杂的四个部分间，有三个连结处。车和马，由车辕连结起来；马和驾驶，由缰绳连结起来；御者和主人，由主人的声音连结起来。任何一个连结处缺了某种东西，这个组织便不能够整体一致地工作，因此，这些连结处的重要性并不比"身体"本身的重要性少些。

人要想做好自己的功课，便是同时对"身体"和"连结处"做功课。做自己的功课必须由驾驶开始。驾驶就是理智。为了能够听见主人的声音,这驾驶首先必须"不睡着",也就是他必须醒来。与此同时,他必须学会驾驭这马,将它缚向马车,喂它,梳理它,并且将车子保持在良好状况中。马,就是我们的情感;车,就是我们的肉身。理智必须学会控制情感。情感总是把肉身拉着走,这是我们做自己的功课时必须遵循的程序。

这段话,让我关联到佛法中所说的"身语意",以及林老师说的"三密合一和葛吉夫说的"连结",看起来似乎相关。

葛吉夫也提到知识和素质的关系。

知识是一回事,了解则是另一回事。人们常常混淆这两个观念,无法清楚掌握它们之间的差异。

知识本身并不会产生了解,了解也不因知识的增加而增加,它是依知识与素质的关联而定,也就是两者的结合。改变只有在素质与知识同时成长时才有可能。换句话说,了解,只因素质有所成长才成长。

一般人并不会分辨了解和知识的不同。他们总认为更多的了解是由更多的知识而定,所以他们拼命累积知识,或他们所谓的知识,但却不知道如何累积了解。

一个人如果习惯于自我观察,就能确知在他生命中的不同时期,对于同一个观念或同一个想法,有着全然不同的了解。他常会很惊讶以前怎么可能如此误解,如今才算"大彻大悟"。在这同时,他也明白自己对于同一主题的知识并没有增加,那到底是什么改变了呢?

是他的素质。一旦素质改变,了解也就跟着改变了。

啊!常听到一句话说,你能学习到多少,吸收到多少老师所教的,取决于自己的"态度"。

当我们了解知识只是一个中心的运作,而了解却是三个中心同时运作,就能明白知识与了解的差别。理智中心可能"知道"某事物,但只有当一个人"感受"并"察觉"与这事物相关的一切,了解才会出现。

"三个中心同时运作"这句话,又让我关联到"三密合一"。而这仅止于观念上的"知道",并非从实践当中的"了解"。而"了解",是不是就如禅宗所谓的"悟"呢?

如果一个人只是头脑知道而已,他并不了解。他必须用整个人的素质去感受它,才能真正了解。只有在实际行动中,人们才能明白知识与了解的差别,明白"知道"和"知道如何做"是两回事,后者不是只靠知识就可以达成。

素质,是不是和"有意识地"、"警觉"、"觉知"相关呢?我心中思考着。

在达卡过境一夜之后,第二天早上,我写了一封长长的信给团员。大意是:我们有能力去"做"(行),但却缺乏"知"。知行不一,知识与素质不平衡发展,如单脚行走,终究走不远的。

如果知识的发展胜过素质,一个人能知却没有能力做,这是无用的知识。反过来说,如果素质胜过知识,一个人有力量做却不知道要做什么,这样的素质漫无目标,所做的努力也只是白费。

知行合一,理事双融,这不就是佛法所强调的吗?

忧烦凄戚之地

达卡飞往加尔各答,行李遗失了。但心中一点也没有焦虑。两位在飞机上认识的日本朋友,第一次来印度,比我还着急,我说:"这是印度,而且,发生在孟加拉国航空。"

报失行李之后,我像识途老马般,虽然时值深夜,我把他们带到加尔各答背包客最常落脚的 Sudder Street。

我知道第一次来印度碰到的所有事情的"第一次",都足以让人惊慌失措。随缘的异乡小小帮助,有时是令人终生难以忘怀,就像第一次搭火车时,面对数不清的车厢,正紊乱无头绪,不知如何找到自己的车厢时,那位印度年轻人一把抓了我的手,拉着我在人群中穿梭,最终把我送上车厢一样。

我永远感谢他。

加尔各答的脏乱和失序的现象依旧,乞丐挣钱的手法也屡见新意。例如,有时会遇上妈妈抱着熟睡,看似生病的孩子向你乞讨,这么可怜而需要帮助的神情,心生怜悯之下你会毫不犹豫地掏出十卢比,但她不要，说，"孩子需要奶粉。"然后指了指附近的商店。当你帮她买了奶粉，她满脸谢意和感激，等你转身离开之后，妈妈就把奶粉以七折的价钱回卖给商店……

一位外国人目睹了这整个过程，告诉我他们"挣钱"的新手法，我才恍然明白过来。下一位"妈妈"再出现时，我看到她的"需要"，于是我又掏了一些卢比，然后是相同的台词，"孩子需要奶粉"，并指了指商店，我坚持只给这些卢比，而她坚持要奶粉……最后"妈妈"知道"骗"不下去了，拿了零钱，怒气冲冲地还骂了几句，才转身离去。我心想，"我不能帮助你无止境的贪婪，仅能帮助你这么多了。"

没多久，另一位乞丐接着跑了过来，向我伸手，我看了看他，双手合十说"namaste（印度问候语）"，就走开了，他追上来并纠缠着，我又回以"namaste"，不拒绝也不施钱。

经过这几个事件之后，觉得好像解开了面对乞丐的"天人交战"，我突然了解到施予有很多种方式，钱财施予是一种，一句亲切的问候"namaste"，是一种；一个微笑、一个关切的眼神也是其中一种，或者一杯茶……

佛教有所谓"财施、法施、无畏施"，随人之需而方便布施。有人需要钱财，有人需要一席话解开疑惑，有人需要信心、温暖、关怀或抚慰……

一个午后，我坐在街边的茶店享受一杯印度奶茶时，一位小女孩缓缓向我走来，伸手向我乞讨。我把掌心放在她的手掌心，微笑对她说："namaste，我请你喝杯茶，好吗？"一会儿之后她把手收回去，不啰嗦也没有再苦苦哀求，也不要一杯茶，轻轻地转身，走了。她走了几步之后突然回过头来，回眸向我轻轻一笑。瞬间，我愣住了，好灿烂天真的笑容啊！我下意识地也向她微微一笑，但眼眶里已充满感动的泪水。

有时候，在街头的角落里，一位满脸沧桑的老人兀自蹲坐着，无言而淡漠的神情，却可以隐约读出他身后一大堆故事，从脸上的皱纹和风霜里透露出身世的不堪或悲苦。我常常怔怔地看着，阅读他们把一辈子的悲苦浓缩在眉宇之间的怅然。

我看过一位老婆婆，一个人倚在泥塑的墙边发着呆，成千的苍蝇在她身边飞舞，就如同正在她身旁也满身是飞舞着苍蝇的牛一样，一动不动，任由苍蝇盘旋叮咬，心底震栗地想，到底是怎样的凄苦，让她无暇于肌肤之感啊？

印度，确实是人间所有悲苦哀愁，忧患凄戚之所集！

转换角色

不知是受到《探索奇迹》这本书的激励还是心里的开敞与跃然，觉得可以尝试去"玩"一些游戏的孩子心情。

有几次与人闲聊中，我有意地避开我所熟悉的艺术工作，尝试不同的角色或身份，例如：做生意的、卖电视的、做早餐的、出版社……

当我在叙述这些职业时，却必须快速地进入"角色"中去体会、揣摩，使得我有种抽离自身的惯性思考而瞬间进入其他不同领域的"感同身受"中。

我也发觉在角色的转换间，有时非得自然快速和毫不思索，片刻犹豫不得，一踌躇即"破功"也。事后对本来就保守矜持的我而言，直呼不可思议！

有一次我进到一个餐馆，里面满满都是人，店门外也排了不少人，显然这家餐厅的口碑不错，正等待空位时，看到店里的小弟忙得不可开交分身乏术，而柜台老板又催促着小弟收拾桌上的碗盘，我毫不思索就走过去把桌上的碗盘收拾干净，客人坐定之后我从柜台拿了菜单、纸和笔，为客人点了菜之后交回柜台，只见老板瞪着一双大眼睛，不敢相信。而我则瞬间从店小二的身份迅速转换为正在等待空位的顾客。

行李遗失之后，过了一天仍然没有动静，于是直接到机场的孟加拉国航空交涉。柜台只有一位值班小姐，她示意我稍等一下，然后去接听电话。正等待时，我身旁的另一部电话响起，我看她忙不过来，于是便毫不迟疑地随手接起电话，说："这是孟加拉国航空，有什么需要我协助的吗？"

对方以印度腔的英语说了一些话之后，我接着说："麻烦你稍等一下，我马上请我的同事为你解决。"孟加拉国航空小姐这时刚好放下电话，微笑着走过来，以半开玩笑和感谢的眼神说："孟加拉国航空雇用了一位台湾的职员吧!"

我从孟加拉国航空接线生回到申诉行李遗失的乘客,若无其事地淡然一笑,但在心中却为自己怎能如此自然转换"角色"而惊讶和惊喜!

行李虽然仍没有消息,心中却没有半点忧虑。而幸运的是第二天当我再度去机场的孟加拉国航空时,行李已被寻获。于是我就着手准备购买赴菩提迦耶的火车票。曾经半年的印度生活,一切是如此熟悉,一切似乎都没什么改变,很快就办好了第二天晚上出发的车票。

艺术没有偶然

无所事事的午后,我仍然在心中琢磨着葛吉夫的话语,他书中谈到有关"艺术",身为一个艺术工作者,自然想知道他的观点。不同于印度一位大师的"静心是一门艺术,而艺术是宇宙的奥妙"的注解;克里希那穆提"艺术家只能洞悉一部分的真理",禅宗"无心的创造"的浑然天成,以及林谷芳老师拈提的"道艺一家",葛吉夫则以另一种角度和语言谈论艺术:

活在地球上的人可以分属非常不同的层面,虽然表面上他们看起来都一样。正如人有多种层面的人,艺术也有多种层面的艺术。这些层面之间的不同远远大于你所设想的。

我并不将你称为艺术的东西称为艺术;你所称为艺术的,只不过是机械性地重新制作,对大自然或他人的模仿,或仅仅是幻想,抑或企图做得像是原创性的。真正的艺术是相当不同的东西。

在艺术作品中，特别是古代艺术，你会看见许多你所无法言喻的东西。他们含有某种你在现代艺术中感觉不到的东西。但当你不知道其相异处何在，你就会很快地忘了它，而继续把每件作品当作同一种艺术。

在你的艺术中，一切都是主观的——它是艺术家对各种心情的认知，它是艺术家借以表达心情的种种形式，它也是其他人对这种形式的感受。对同一种现象，一位艺术家感觉到某种东西，另一位艺术家可能感觉到另一种相当不同的东西。同样的日落，在一位艺术家心里挑起欢愉，在另一位艺术家心里却可能挑起哀愁。

两位艺术家可能使用截然不同的方法、不同的形式，还努力表达相同的认知；或者是使用相同的形式，来表达完全不同的认知——这都是根据他们如何被教导，或他们对那些教导有多叛逆。而艺术作品的观者、听者或读者所感知的，也将不会是艺术家所传达，或他自身感受到的东西，而是他用以表达心情的形式，让他们兴起的联想。

一切都是主观的，一切都是偶然的，也就是说，对于艺术家和他"创作"的印象而言，是基于偶然的联想，以及观者、听者和读者各自的认知。

葛吉夫似乎刺破艺术家的"自我想象"，同时指出欣赏者的"自我联想"和天马行空的"自我解释"。而林老师也提醒说，"艺术家总敏于一根,敏者,病也。"

真正的艺术中没有偶然的东西!

它如数学般地精准。每样东西都能被计算、被预知。在这种艺术中,艺术家"知道"并且"了解"他要表达的是什么。他的作品不可能让一个人产生一种印象,而让另一个人产生另一种印象。当然啦!我是假定这两个人位于相同的层次。它总是以数学的精准,制造相同的印象。同时,同样的艺术作品会为层次不同的人制造不同的印象。层次较低的人将永远接受不到层次较高的人所感知的。

这是真实的、客观的艺术。想象某些科学性的著作,例如一本论述天文或化学的书,不可能这个人对它做这样的了解,而另一个人对它做那样的了解。每一个已有充分准备,有能力读这么一本书的人,都将恰如其分地了解作者所要表达的意思。一件客观艺术的作品就是这样的一本书。差别只在于它不单单影响人的理智部分,还会影响人的情感。

"这种客观艺术的作品今天还存在着吗?"邬氏问。

"当然还存在,"葛吉夫答道。"埃及的斯芬克斯。还有一些历史上知名的建筑,某些神的雕像和神话中的角色,能够被当作书来读,只不过并非以心智而是以情感来读——如果那是已经充分发展了的情感。"

什么是"充分发展了的情感"?我心中好奇,而且有种"似曾相识"的同感。

我想到印度那位大师在谈论禅宗的公案时，下了一个注解："一个公案，短短的几行文字，却包含了一整部佛经的内容！"这似乎是说，如果一个人了解了一个"公案"，彻头彻尾地完完全全了解一个公案，那他就等同于了解了佛法的精髓！

突然有种明了的感觉！

"在我们中亚旅行的途中，"葛吉夫继续往下说，"在兴都库什山（Hindu kush）山脚下的沙漠里，我们发现了一个奇怪的神像。最初我们以为他是某位古代的神祇或恶魔。刚开始时，它只给我们一种稀有古物的印象，但一阵子之后，我们开始'感觉'到这雕像包含着许多东西：一个很大的、完全的、复杂的宇宙系统。"

"慢慢地，我们一步步开始去解读这个系统：它在神像身体中、腿中、手臂中、头中、眼中和耳中；到处都有。在整个雕像中没有一处是偶然的，没有一处不具有意义，我们开始去感觉到建造神像的人的思想和情感。他们所要表达的东西穿透数千年的光阴被我们领悟到了，而且不仅是它的意义，还有一切相关的感触和情绪。那的的确确是艺术。"

刘若瑀在教导葛托夫斯基的"行动"时，也常常提到"客观剧场"。除了葛氏亦曾提到的"警觉"、"有意识地"与云游师父和葛吉夫的根本教学相关之外，葛氏的训练更建基在"有机的"反应上。而有机的，看似随兴、即兴，但葛氏却特别强调艺术要建构在"河的两岸"的严谨基础上。两岸，也许就是技术、技巧和自觉的纪律，

"没有技术，就没有艺术；只有技术，也没有艺术！"而河水似乎就是隐喻艺术所传递的内涵……技术与技巧正如河的两岸，没有严谨、精准的技术，河水就不可能朝向特定的目标前行，流入大海中。

这让我体悟到，"没有技术就没有艺术"，而只有"技术"，也不会有"艺术"的道理！

"有两种完全不同的艺术——客观艺术和主观艺术。所有你们知道而称之为艺术的都是主观艺术，也就是那些我不称为艺术的艺术，因为只有客观艺术我才称为艺术。"葛吉夫如是说，"你们说艺术家创造，而我只有在关联到客观艺术时才这样说。关于主观艺术，作品随着他'被创造'。"

"客观艺术和主观艺术不同的地方在于，客观艺术的艺术家真的'创造'，亦即做他自己要做的东西，在作品中放入任何他想要放入的观念和感觉。在主观艺术里，每一件事都是出于偶然。这种艺术家不创造，是作品创造它自己。这意指他受制于自己的观念、想法、情绪，对它们完全没有控制力，它们统治他。"

"而在客观艺术里没有一件事是不确定的。"

当中有一人问道："不是说某种不确定，难以捉摸的特性，正是艺术与科学的分野吗？"

葛吉夫回答他说："我不知道你在说什么，我衡量艺术的标准在于它的'有意识'，而你的则在于它的'无意识'。客观艺术的作品必须像一本书，唯一的不同是艺术家并不直接透过文字、符号或象征图形来传达他的观念，而是透过他有意识地感受到的某些情感，以一种有序的方式，知道他在做什么和为了什么而做。"

"客观艺术至少需要客观意识状态的闪现，为了正确了解和应用这些意识的闪现，必须要具有相当大的内在统一和自我控制。"

葛吉夫也提到客观意识必须经由自我意识而来，一个人在"记得自己"的时候，就是在锻炼他的自我意识。当我们努力处在"当下"的时刻，的确是可以在没有任何观念、想法横亘在心灵之间时，真实地看到一朵在朝阳下盛开的花，而同时体验到某种惊喜的发现后的"情感状态"。

这种"情感状态"并非是日常情绪性的好恶，而是带着似乎未曾有，却新鲜、新奇的感受，但，当你体验它时，会知道确是稀有的、喜悦的情感。有时觉得，只有"啊！"，这个既惊喜又惊叹的形容词，才能完整表达出这种情感状态。

"记得自己"似乎与"活在当下"的练习，甚至和东方的"觉知"有莫大的关联，亦与禅门"知乃众妙之门"，似乎有共通之处。我这样思考着……而葛吉夫"衡量艺术"的标准在于它的"有意识"，实令人玩味省思。

挣脱认同

加尔各答火车站外依然人潮如织，上演着如电影般的逃难场景，漫天尘埃如狼烟四起。昏暗的车站内四处躺卧着人。我熟悉这样的鱼龙混杂和刺鼻气味，心里不觉得惧怕。我在偌大但却人来人往的车站大厅，找了一个简陋的咖啡厅坐了下来，咀嚼着葛氏的一些启人深思的话语。

邬氏在书中的记录方式，仿佛重现葛吉夫当年的"谈话"，字里行间建构出一幅幅活生生的场景，让人如临现场般的真实。而葛吉夫的谈话内容，有时不免让我与云游师父的谈话有种连结。例如"认同"：

人经常认同于某一个时刻吸引他注意、想法、欲求及想象的事物。认同是如此普遍，以至于我们在观察时，很难把它从其他事物分开。人总是处在一种认同的状态。

认同一个念头而忘记其他的念头。认同一个情绪、一个心情，而忘了其他的情绪和心情。特别使人难以脱离认同的原因是，人很自然会认同他深感兴趣的东西，因为他在其中付出了时间、努力和关切。为了要挣脱认同，一个人必须时时警觉，对自己无情。

我想起云游师父的话："把你自己和纷杂的念头，想法中分离开来，不去认同它们。你的名字不是你，你已习惯性地把名字认同为就是你自己！"

说，很容易，但做了之后就知道困难重重啊。认同的强大习性会以一种难以抗拒的吸力把你拉回到认同的状态！一个人如果没有坚强坚定的信念，几回合的拉扯和对抗之后，身心俱疲之下，就会宣布投降在认同的力量之下。

想要记得自己,首先就要不认同。要学会不认同,一个人必须先不认同自己,不要无时无刻都称自己为'我'。追求自由,首先就是要挣脱认同。

想起那段在菩提迦耶学法时,常常警觉地挣脱心中升起的念头、情绪和想法的努力,也常常设法把心安放在自身或安步在当下的走路中……三个月的练习之后,虽已能不为诸念所牵,但头脑像是一个不听使唤的机器不停地运转,念头"习惯性"地不断升起,完全不受控制。

心念,是不会听命于你的。

人没有强大的力量,可以随心所欲地思考,因为我们生来就没有具备这种控制诸种心念的力量,周遭的长辈和同侪甚至学校,也不知道如行教导这种驾驭心念的方法和训练。

"人甚至连一个属于他自己的思想都没有。"葛吉夫斩钉截铁地说。

是的,如果一个人曾经安静地、不认同地,不评论地观察过自己的种种心念,就会稍稍了解,想法、情绪、认知、价值观,等等,不过是借来或是从哪本书、哪个权威人士的说话中"认同"而来的,其中绝大部分并非自己的真知灼见。

认识你自己。

一个人必须从头观察自己,就像他从未认识自己,也从未观察过自己。

梦回的小镇

火车到站的时间差不多了,阁书,提了背囊往月台走去。

始发站的火车通常都不会误点,而火车也会准时出发。我很熟悉二等卧铺的种种,叫卖零食和热茶的声音不断在耳际回荡。深夜,车厢里寒凉,打开睡袋,在规律的摇摆中沉沉睡去。

清晨,抵迦耶车站。街上的纷杂扰攘还没开始,搭了马车,出迦耶大城,马上就可以感受到乡村的恬静,沿着记忆的轨迹,马蹄悠悠傍着干涸的尼连禅河,往梦回的菩提迦耶而去。心中升起昔日的种种,这小镇,还依旧吗?

抵达缅甸寺庙时,朝阳正从苏迦塔(Sujata)村落的方向升起,遍洒大地。寺里管理挂单的工作人员认出我,说:"啊!你回来啦!"

我住在寺庙后面二楼最边缘的房间,出了房门,放眼望去就是一片稻田,令人赏心悦目和幽静安然。

久违的菩提迦耶,令我忘却尘劳,迫不及待地想再看看它的风姿。信步走到河边远眺,啊,不远处已经搭起了一座桥横跨尼连禅河,连结到对岸的苏迦塔村落。以前,要去景仰供佛羊奶的遗迹,必须徒步横跨干涸的河床。而那时,我常常站在岸边远望,望2000多年前的光景,想象着那时,佛弃苦行而接受了牧羊女苏迦塔供养的羊奶后,涉河而来,走到菩提树下……这想象和远望,曾经增强了自己的信心,在孤独工作的路上,可以有力气地往前走,也坚信"解脱"对一个人而言是可能的。

走到摩诃菩提大塔,附近已铺了地砖。除此之外,一切都不曾改变,朝圣的人潮仍络绎不绝,但悠闲的小镇氛围依然。昔日在 Lassi(印度的酸奶饮料)店工作的小孩已长大了,他看到我高兴地说:"你回来啦!"

老板还特别请我喝了一杯 Lassi,"免费的,欢迎你回来!"啊!真好,人情真温暖啊!我不知道他们的名字,他们也不知道我是谁,只是曾经有一段时间,每当"参问"后的寂静现前,我总是起座走到这里喝一杯茶。久而久之,不须交换名字和言谈,心里早已彼此相熟。

中午时分,我来到昔日常常吃一份五卢比 Thali 的小店,再次品味一口一口咀嚼的滋味;饭粗水淡,但吃不在味,在于细细品尝啊!

还有一个我惦记着的,就是犹如至亲的和尚。多年过去,对于一年如一日的他不知过得如何?也想听听他这几年来修持的体悟。在大塔附近遍寻不着他的踪影,于是回到寺庙走到他的住处,轻叩房门,却久久无人回应,顺手推开房门,却看到一室空然,莫非,他搬到其他地方去了吗?于是,走到寺庙管理处,一问才知道:"那位从内地来的和尚,上个月已经圆寂了。"

内地和尚圆寂

突然间,整个人完全愣住,怔怔地一股悲伤从胸怀迅速涌了上来。良久,我踱步回到他的房间,坐在椅子上,昔日的情景一幕幕地在心里浮现。当时,我就坐在这张椅子上,跟他分享体悟,也聆听他来印度的经历;想到他坎坷的身世,最后终老于圣地,于他,是至福也?唏嘘也?

房门外还遗有他的书柜,当时送他的几本书仍整齐地排列着,随手翻开,已无心于文字,脑海中掠过一幕幕当时和他讨论佛法的时光,而他总是瞪着炯然大眼,无言地聆听的眼神,如今,多么令人怀念啊!

又想起昔日他送我上了公交车,在尘沙中低着头,默默然走进寺庙的身影,现在回想起来,平添一份伤感……

几天之后的月圆之夜,我爬上顶楼重温银蓝色的魅力时,一位在寺里工作的年轻人,也正好沐浴在月色下,于是问了他有关和尚的事。

"两个月前吧,他受了风寒,引起感冒。这个人很奇怪,不看病也不吃药,他说只是小小的感冒,休息几天就好,没什么。"我了解和尚的硬脾气个性,他生了病是从不吃药的,也知道他对生死的随缘。

"后来,感冒越来越严重,最后演变成咳嗽。我们劝他,他还是不吃药,寺里的主持也来劝过了,他仍然不肯。他说,如果真的过不了这一关,就随缘而去吧。"那年轻人沉默一会后,接着说:"他的病情越来越严重,整个人非常虚弱,最后只能躺卧床上。我们几个人轮流帮他料理三餐,照顾他的病情。有一个晚上,突然地,"他眉宇间有种惊讶的神色,"他可以起床走动,仿若无事般,我们在想他的病是不是突然间好转了!"我心想不是的,应该是回光返照。

"他自己起来,像平常一样,煮了稀饭。吃过后去洗澡,完全像个正常人一样,我们几个轮流照顾他的年轻人都暗暗为他高兴,以为他真的没事了。"

"他洗过澡后,穿上袈裟,就像平时去摩诃菩提大塔念经做功课一样,穿得很正式,然后,跌坐床上静静坐着。"

"第二天早上,有人去叩门,探问他的情况,良久,却没人应门,于是推门而入,发现他端坐床上,走了!"

听到这里,伤感、钦佩和欢喜之情顿时交杂于心。

"我们通知寺里的住持,住持为他念经和做了仪式之后,把他的尸体抬到尼连禅河,就地火化了。"那年轻人指了指几步之遥的河床。

我顺着他的手指望向明亮月色下分外洁白的尼连禅河,怔怔地入神。脑海里回想着当年,如此刻的月圆之夜,曾经和他一起在月色下漫步和闲话的情景。有一晚我们也在这顶楼上,就着月光赏花,品味银蓝的流光自叶端流泻而下的惊奇。

月圆的无可言喻依旧在,只是斯人已逝矣,心中有股难以言说的情绪,淡淡地蔓延、翻腾……

我不知道他去了哪里,但可以确定的是,他归其所归处。

月色洒在缅甸寺庙的大门，分外明洁，我想起他送我离开菩提迦耶的那天，我在公交车上回望，尘沙里，我看见他低着头，落寞身影默默然走向寺庙……

（此章楷体字体段落摘自《探索奇迹——认识第四道大师葛吉夫》）

变成一只鹳

如果我心里是一片黑暗,如停电的暗室,
我怎么看呢?
就算努力想看,也看不到啊!

缅甸寺庙坐落在置中的位置,除了位于大路上,一端通往大塔的人群聚集处,另一端通往乡村的静谧之外,如果爬上屋顶的露台,清晨时分可以静观苏迦塔的日出,傍晚时分则欣赏日落的百千余晖。

我住的房间靠近西边,推开房门,一片宁静的稻田映目,令人心旷神怡,坐在阳台就可以观赏日落的变幻万千。住在这里,说不出的安定、安静和丰富。回到菩提迦耶,本就想再体验二六时中,无时无刻地看着自己,精进修法的日子。尤其是孤身一人独处,更可以心无旁骛地往前探索。

但我知道需要一段安稳的时间才能深入修法,就如有人在甲地打地基,又在乙地打桩,尚未打好又去丙地基筑一样,如此一来,势不能建立一栋坚固牢靠的建筑。有所谓"一门深入"者,意味着在一个地方全心全力地固基打桩,才可能建造出稳固的宫殿。

但长时间止于一处,恐又陷入耽溺之虞,因此,待上一段时间之后,想去旅行、去碰撞、去印证出出入入。禅门里有所谓行脚,"访尽丛林叩尽关"的参访验证,旨在使习禅者离开所熟悉的环境,以所体所悟印证所学。

典籍里有许多行脚中遇缘示现而开悟的故事。如玄沙的踢石脚痛,而悟"四大本空,痛从何来"的体证。盘山宝积禅师于市肆行,听闻屠家"哪一块不是精肉底?"而豁然有省,以及凌云志勤禅师"自从一见桃花后,直到如今更不疑"的朗然透彻。

处处空门，却处处无门可入

禅门亦名"空门"，常听到学佛法的朋友，说到"空"和"空性"，是佛法中的精要，云游师父也曾说过："空无"（emptiness）的各相。但我资质驽钝，只能从字面上想象、推敲空就是"没有"的意思。但眼前的花草树木、虫鸣鸟飞，确是实然的世界，怎会"没有"呢？

而我只知"当下"的真实，物与我皆真实存在的实然，至于"空"，实难以理解，难以契入。葛吉夫书中提到的"创造射线"，由"绝对者→银河世界→太阳→行星→地球→月球→空无"的宇宙图像时说过："空无也是绝对者。"

这句话颇令人玩味，这让我联想到东方佛教"空"的观念，经典中有"真空生妙有"这样的阐述；林谷芳老师提到日本茶圣千利休与浪人武士对决时，也评说千利休举剑如举壶，"处处空门，却处处无门可入"的三昧之境……

动人的故事，心虽向往之，然于空之体验与理解，却抽象得毫无边际，摸不着头脑似的，难以测度，犹如"蚊子叮铁牛"，于事于理总不能契入。"空"，到底是怎样的呢？如何体得？如何进入？如何悟得？心中暗自思忖着。

似乎有一些"未解"从四面八方迎面而来，而这些"未解"，又似乎不能从头脑的思虑中去找到答案和体悟。头脑的知道只是身体其中一个机能的部分知道而已，并不能窥见全貌。虽然如此，但该做的功课还是要做的。每天五点起床,静坐。趁太阳还未升起之前,爬上屋顶的大露台,演练少林拳和太极拳,然后看着一轮红日在苏迦塔村落的方向,缓缓升起……

早饭之后,静坐。起坐后,坐在阳台上看着一片绿油油的稻田,偶尔有村童和村妇、农夫走在田埂上,画面真是天然诗意,一派恬静。有时,也会散步到尼连禅河遥望苦修林……

也知道家人的想念,除了写信给刘若瑀之外,特别为年幼的两个孩子写明信片,描述菩提迦耶的有趣,佛陀的小故事等。

菩提迦耶真像一个小型动物园,这里随处都可看到狗、猫、猪、羊、牛、马,还有人等。昨天下了一场雨,今天阳光普照,小鸟在积水的田畦中戏水和洗澡。小孩子不时在田埂阡陌间游走嬉戏,这情景好像一幅田园画,长在都市中的孩子,就像你们一样,可能不知道赤脚走在田地里的实在感,对不对?待你们长大一点,身体健壮一点,会带你们来这里,看看佛陀及菩提树。

印度,是一个人一生中,值得来一次的地方。

这是大菩提塔旁边的莲花池,清晨或傍晚,这里的小鸟特别多,叽叽喳喳不停地在唱歌。

爸爸第一次来菩提迦耶学法,有很长的时间,爸爸在树下参悟了许多事,是爸爸记忆特别深刻的地方。

传说,佛陀悟道之后,有一天,遇上暴风雨,无处躲雨,一条巨蛇就伸出了宽宽的身子,遮住佛陀,让佛陀得以安全度过暴风雨。

它也象征当一个人成道,大自然会特别保护他。

祝 玩具收好好。

昨晚的菩提树下,令人深刻难忘,因为葛印卡(S. N. Goenka)在菩提树下主持了一场"内观",气氛凝重严肃,让人恍然重回十日内观的情景,他的语调、话语,以及散发的爱、慈悲,令人动容。当他离开法会时,吟唱着最后一日内观时,送走内观者的那首歌时,身上油然升起一种奇特的觉受,熟悉的、慈悲的。他年纪很大了,上下阶梯均需要搀扶,即使身体不方便,仍然分享他的爱与慈悲。

今晚的菩提迦耶,真叫人难忘。目送他离去,心中一直默默感激他,感激曾经受法教于他。

今早,他又造访了缅甸寺庙。

菩提迦耶于我太熟悉,太安全了,对修行静心而言,这个气氛是有帮助的,我想待一段时间之后,也许一个月吧,待内在某种深化之后,我想我会去旅行,去哪里不知道,只是很想去"碰",因为待在菩提迦耶,觉得少了冲击、激化,验证所学应该要去"碰",去尝试,否则这种"宁静感"没有价值,很容易流于舒适而停滞,但目前,我清楚待上一段足够的时间是必要的。

除了家人,最关心的仍然是剧团的团员,虽然此时团员大都东西分散，各自去体会三个月的自修，但仍然写了长长的一封信，分享阅读了葛吉夫第四道的若有所思。

通常，中饭之后，小寐，然后继续禅坐用功。直至傍晚时分，气温稍降，又爬上屋顶的大露台，再演练一趟少林拳和太极拳。待日落余晖将尽，晚饭之后，就走到摩诃菩提大塔的菩提树下，看着金刚座，看各地来的朝圣人潮，听着不同语言文字的经文唱诵，伴以风声里菩提树的沙沙作响……语言文字虽不同，而虔敬庄严之心却同一。

不识本心，学法无益

不知是这样简单悠缓的生活作息使然，还是什么，每天的心情总是愉悦的，身心轻泰而安然。虽然心中有"未解"，但正因未得其解，反而每天都处于摸索和探索的未知状态。

我有时会打破原来的惯性，不依循原来的方式，例如：走路，走快或走慢一点，同时听、感受、觉察身体、呼吸，以及观察，到底是怎样的呢？

只觉得内在好像"拉筋"一样的伸展，向四面八方拉扯开来，有一种"冲击"和"唤醒"的感觉，同时发现这些感官、知觉在同一时间发生，一齐运作是可能的，它们似乎互相关连，但也发现内在有一个"不动"的中心在，一旦起念，觉知的心被念头带走，所有"同时发生"的就俱不在了，只剩下单一感官的知觉，感觉像失去"整体"或"身体内外统一感"的感觉。

我也尝试不同的方法对治狂妄不羁的念头，总认为念头的此起彼伏是使人分裂而不能体验"统一"的原因之一。尤其是曾经有几个月的时间，头脑突然停止一念不生，体验到一种真实、全然，又全体俱现的体验后，更认为诸念是使人不能"一体"之首因。除了任不受控制的心念自行升落，而提醒自己回到当下之外，也尝试只是看着念头，把心放在念起处的方法，念一动，觉心即如剑般先动，斩断思虑……

也尝试"安那般那"（止）观息法，将心止于鼻子前缘，觉知呼吸的进出，以及"琵婆瑟那"（Vipassana）的观察、觉受的内观法门……但总觉有一法置于前，而不能"直接"亲见似的。

某天，看《楞严经》的七处徵心而至观音法门时，心中似有所解，但解归解，思虑之解如探囊取不着物般。于是尝试"听声音"的方法……往往一入手就感觉有不错的效果，狂妄的心念似乎被制服似的，然而再持续用功时，又仿佛被"打回原形"。也不知是禅修中所谓心绪亢奋的"掉举"还是什么，每禅坐，身体里总有一股强悍的能量，有时令身心舒畅，有时却像找不到出口似的在"冲撞"。

一天，禅坐完，从背囊中拿起《六祖坛经》阅读。令我诧异的是，经文的开头并非如一般经典"暖身式"的开经偈、诸佛的唱名，也没有皈依文，熏香闻习，法界蒙熏之类的繁文缛节，而是直接以六祖慧能大师的故事作为开场，就如禅宗的直指本性，直截了当。

"时，大师至宝林，韶州韦刺史与官僚入山，请师出于城中大梵寺讲堂，为众开缘说法。师升座次，刺史官僚30余人，儒宗学士30余人，僧尼道俗1 000余人，同时作礼，愿闻法要。大师告众曰：'善知识，菩提自性，本来清静，但用此心，直了成佛。'"

然后，就是慧能述说自身的故事，从闻听"金刚经"，入黄梅拜祖求法，书"菩提本无树，明镜亦非台，本来无一物，何处惹尘埃"的偈文，到三更入祖室，弘忍大师为慧能说金刚经，慧能闻"应无所住，而生其心"而大悟。

慧能："一切万法，不离自性。"

"何期自性，本自清净！何期自性，不生不灭！何期自性，本自具足！何期自性，本无动摇！何期自性，能生万法！"

五祖弘忍知慧能已悟见本性，对慧能说：

"不识本心，学法无益。若识自本心，见自本性，即名丈夫、天人师、佛。"

看到这里时，心头一震！隐然把之前书本里看到的或善知识们提过的，"以心传心，不立文字，直指人心，见性成佛"的禅宗精神有了一些扣合和知解。

尤其读到"本性"二字时，心中似乎有所感应，这两个字就像一把利剑似的直扣心底深处。

"不识本心，学法无益"这句话，令我呆若木鸡，良久不能动弹，陷入所思未思的状态。

回过神来之后，只觉故事精彩，太引人入胜了。时值正午，我捧了书到寺庙对面紧邻尼连禅河旁，一间由帐篷搭建，却深受许多游人所喜爱的 Pole-Pole 餐厅继续研读。

坐在以泥砌成的椅子上，却想起多年前的一个晚上，也是在这家餐厅里，笑语喧哗，我恰好从大塔的菩提树回来，也许是第二天我将离开菩提迦耶去印度各地旅行，浑然不觉就走了进来，也不知是怎样的因缘际会，最后剩下一起学法的五位门徒也聚在这里，而更巧妙的是没过多久，云游师父也来了！

他安静地坐下，不受周遭吵闹与嘈杂的影响，神色自若。当中有门徒提问，而他总是以不离"当下"的核心意义回答，似乎念兹在兹地提醒我们这批初学者，活在当下的课题。突然间，他问我："你要去哪里旅行？"

"我去阿格拉的泰姬玛哈，然后去拉贾斯坦的沙漠城市。"我说。

"啊！你要去看泰姬玛哈，真好……"他停顿一会说："你会再回来菩提迦耶吗？"

"我不知道……"，语气不能确定，"我本来只打算来印度一个月，但是……也许会回来吧！"

说完这句话时，我直觉可能会在旅行之后留下来，好像前方有一番际遇正等待去发生和经历，正如此时重回印度一样，似乎有什么事正一步一步地走来……

无念状态

那时离开云游师父后,在北印度旅行了一个多月,最后再回到瓦拉纳西。那一个多月的所遇、所见、所感,却在心中燃起了遍身的疑惑之火,不断地燃烧……正如此刻一样,暂时跳开了熟悉的环境,看到几年来艰苦的工作,当身在其中时总是不明所以。一旦跳离,却看到了那时严格的训练之下,背后的珍贵意义。而此时感觉到,似乎还有一团迷雾在眼前,如雾里看花,似真非真,伸手亦不能触摸到,又觉得正好走到门口,只是不知如何把门撞开,一窥门内风景。

"五祖送慧能至九江驿,师徒上船后,五祖把橹自摇。"我继续阅读着《坛经》,无心饮食。

慧能说:"请和尚坐,应该由弟子来摇橹。"

五祖:"应是我来渡你。"

慧能:"迷时师渡,悟了自度。蒙师传法,今已得悟,只应自性自度。"

五祖:"如是如是。"

这段师徒对话,何其浪漫啊!我望向不远处干涸的尼连禅河,回想起初识云游师父时,那天与他同舟共渡的情景……这是一辈子都难以忘怀的画面啊。

接下来的事迹,虽有"风动幡动"之争的引人入胜,但最令我若有所悟地,却是两个事迹。

慧能别了五祖南下，第二天众弟子惊闻衣法已传不识字的慧能，数百人追来，欲夺衣钵。当慧能在两个月中，逃至大庾岭时，慧明抢在众人之前追到。慧能于是置衣钵于石上，慧明竟然提拿不起，于是大呼："行者！行者！我为法来，不为衣来，望行者为我说法。"

慧能说："你既为法而来，可屏息诸缘，不生一念，我为你说法。"

慧明静坐良久之后，慧能对他说："不思善，不思恶，正当这时，哪个是你明上座本来面目？"

慧明言下大悟。问说："上来密语、密意外，还更有密意否？"慧能："既已对你说，即非密也。你若返照，密在汝边。"

这不思善、不思恶，不正是两头俱截断，过去、现在、未来顿然放下的真实境吗？克里希那穆提曾说过，"否定所有的经验"！而《心经》里，"无眼耳鼻舌身意，无色声香味触法，无眼界，乃至无意识界，无无明，亦无无明尽，乃至无老死，亦无老死尽，无苦集灭道，无智亦无得……"一连串的否定！否定！否定！无、无、无！似乎正扣合这"不思善、不思恶"的妙语啊！

善恶、好坏、美丑、真假，爱恨悲喜……这世间的种种二元境，不正是我们时刻纠葛其中，难以解脱出来的困境吗？

不思善恶，就是不执于世间种种的二元对立啊！我心中做如是解。

一个人参禅打坐，总会多少体验到"不思善恶"的无念状态，妄念霎时消融，葛藤一时顿竭的清明时刻，"你若返照，密在汝边。"

返照，是不是就是回看自己，记得自己呢？

慧能对慧明的这番开示，似乎也加深了我的信心，仿佛双手已触摸到"门口"般的喜悦与震慑，以及一种肯定感。

磨砖不能成镜，坐禅岂能成佛？

而第二个事迹，正是慧能离开了数十年的避难猎人队后，来到广州法性寺，在二僧风幡之争时，以"不是风动、不是幡动，仁者心动"这句话，被印宗延至上席，确知是黄梅衣法南传的慧能后，于是问："黄梅付嘱，如何指授？"

"指授即无，唯论见性，不论禅定解脱。"

"何不论禅定解脱？"

"为是二法，不是佛法，佛法是不二之法。"

"如何是佛法不二之法？"

"明佛性，是佛法不二之法。佛言：善根有二，一者常，二者无常。佛性非常、非无常，是故不断，名为不二。一者善，二者不善，佛性非善非不善，是名不二。蕴之与界，凡夫见二，智者了达其性无二，无二之性即是佛性。"

看了这段对话，心头又是深深一震！

我们日常所见所闻，所思所言，都落在善与非善的二元对立境界，喜新厌旧，喜欢美丽的事物，而厌恶丑陋，等等的情境中，而"佛性非常非无常，非善非不善"，"凡夫见二"，落于一边，而"智者了达其性无二"。

印度一位大师有一句话比喻得很贴切"没有此岸与彼岸,一条河的两岸,在深处是相连的。"

以前看过"菩提即烦恼,烦恼即菩提"这句话,深感迷惑不解,读了上述对话,渐渐有了些许明白。尤其让我深深震撼的是:"唯论见性,不论禅定解脱"这句话。对闲来无事可以终日坐禅的我而言,不啻是一记"棒喝"和"破除"边见之提醒。这让我想起在课堂上听过的一则故事:马祖道一终日坐禅。有一天怀让禅师在马祖身旁磨砖。刺耳的磨砖声,令得马祖不得不问:"师父你为何磨砖呢?"

"磨砖成镜。"

"世人皆知,磨砖岂能成镜?"

"磨砖不能成镜,坐禅又岂能成佛?"

马祖当下若有所悟。

怀让禅师继续说道:"譬如有人坐在牛车上,车不行时,你是打车还是打牛?"

马祖言下大悟。

霎时间,忽惊觉枯于坐禅的无益,即使再坐上一万年,身心安顿,不思不想,百事不入于心而清明安稳,复又何用!于"见性"、"开悟"和"了解"终究是惘然,无所益处的。

虽然略有所明这个道理,然而每天除了练拳之外就还是禅坐,毕竟知道自己并未完全明白,思虑知见上的明白非真明白,如果不是通身周知，即非真知灼见。而此刻唯一的方式，就是乖乖做功课，不可流于想象的"未悟言悟"的自我欺瞒。林谷芳老师常提醒学人"未悟言悟"这句话，"学人常以字面、言语、思虑上的有所解，误以为有所了悟，这'差之毫厘'，却'谬之千里'，当慎之审之。"

晚上从菩提大塔回来，就着窗前，以及任纱窗怎么都阻隔不了的蚊虫干扰下，一字一句地继续阅读着《坛经》。偶有特别发人省思的嘉言慧句，就停卷下来，深自攀索……

看累了，顺手推门而出，坐在阳台，听稻田里传来的蛙鸣虫嘶，以及夜里深邃寂静的声音……

寺庙里有一条老狗，有时闻声而至，走过来俯趴在身边，不扰人，陪我一齐聆听寂静的绵长无尽……相较于《楞严经》，《坛经》算是短小精简的一部经书，我常常沉浸在经文里言简意赅的隽语中，若有思若有感，也常常如发现新天地般的惊喜或被刺破疑惑的"棒喝"交集中。

"世人妙性本空，无有一法可得，自性真空，亦复如是。善知识。莫闻吾说空，便即着空。第一莫着空，若空心静坐，即着无记空。"

"世界虚空，能含万物色相。日月星宿、山河大地、泉源溪涧、草木丛林、恶人善人、恶法善法、天堂地狱、一切大海、须弥诸山、总在空中。世人性空、亦复如是。"

之前对于空的不得解，不得契入，只知当下物我实然的二分，在"世界虚空，能含万物色相"，以至"山河大地……总在空中"

的这段话里，在观念上总算稍稍有点理解，稍稍可以想象"空中含诸色"的抽象概念了。

直至看到慧能的弟子玄策，与智隍对应："汝云入定，为有心入耶？无心入耶？若无心入者，一切无情，草木瓦石，应合得定；若有心入者，一切有情含识之流，亦应得定。"

智隍说："我正入定时，不见有有无之心。"

玄策于是说："不见有有无之心，即是常定，何有出入？若有出入，即非大定。"

心头又是猛然一震！发人深思。

定若有出入，即非真定；二六时中，不离那个；二十四小时，活在当下！

然而，在坐中，时而清明，时而妄念纷至，时而空荡无所依凭，时又昏沉瞌睡，我们总会以某个方法介入。而尤其正当所谓殊胜之境现前时，又往往沉溺其中，"恶易唾，善难除！"

真定，非关出入。心里这样思索着。

"迷人直言常坐不动，妄不起心，即是一行三昧。作此解者，即同无情，却是障道因缘。若言常坐不动是，只如舍利弗宴坐林中，却被维摩诘斥。"

"道由心悟，岂在坐也？"

再次觉得枯坐禅定之无益。

但是，功课仍然得乖乖地做，因未明也。心中怀想着"各自观心，自见本性"的遐想。

意识就是光！

一日，在坐中，不知怎的，头脑中念头狂乱，纷至沓来，一念接一念，无止息般的跌宕起伏，用尽所学过的方法，怎么止也止不住。

烦乱的心绪在一炷香之后稍有平复，但再次入座，又是狂乱不止，不知怎么办时，我想起《坛经》中："若见一切法，心不染着，是为无念。"

"若前念、今念、后念，念念相续不断，名为系缚。于诸法上，念念不住，即无缚也。"

想起某次课堂上，林老师曾说过一个故事，一位武士于对决前入丛林禅室，问法于禅师，师告以"若执于敌之剑尖，即被剑尖所夺，若执于剑刃，即被剑刃所夺，若执于步，即为步所夺，应无所执而全体即是……"

不执即不住，念念不住，即没有系缚，如果被此刻狂乱的心绪所羁，就是"住也"、"执也"！

同样的，若我心求无念亦为"无念"之想所系缚！心求无物，亦是住于微细念中。

"若百物不思，当令念绝，即是法缚，即名边见。"

不禁反问自己，为什么一定要"当令念绝"才认为无所缚呢？若见一切法、一切相、一切念，念念迁流，心无挂碍，而念念不住，不就无念无缚了吗？

"心若住法，名为自缚。心不住法，道即通流。"

我是不是自己绑住了自己？我学了很多方法，也禅坐了很多年，然而，妄心现前时，为何难以止息？是不是所有的方法都没有用？我是不是被方法绑住了？多年来，我心求解脱，这解脱的渴望，是不是绑住了自己而不自知？我起坐，推门而出，坐在阳台上，望着阳光灿烂下恬静的稻田，心中不断地问自己。

村里的孩童正嬉笑地快步跑过田埂，不知是嬉戏的追逐，还是穿过曲折的田陌回家去。而此刻，十点钟的光线，气温凉热适中，正是最灿烂明亮时。

啊！脑海里突然想起某天晚上，在房间掉了一件小东西，而经常停电的菩提迦耶，恰巧就真的以迅雷不及掩耳地迅速突然停电了，整个房间漆黑一团。我在黑暗中搜索失去的东西，在地板、桌底角落用手摸索着，企图找到掉落的东西。

约十分钟搜寻不可得，在闷热的夜晚里已是满头大汗。懊恼地想着，在这样伸手不见五指的黑暗中，如果要找到，幸运的话一、两个小时吧，如果……突地脑中灵光一闪！"黑暗中，如果有一束光，一照之下不就很容易找到了吗？"于是，摸黑从背囊中取出手电筒，不到十秒，就看见那件失落的小东西，正在床底的边缘角落。如果不是有光，我想真的要摸索两个小时呢！

心底突然与摸黑探物的经验关联起来，我用了很多方法企图止息妄念，似乎在消灭某种心中恐惧不安，可能也受到"过去之念、现在之念、未来之念"是使人无法活在当下的这个想法所导致吧，心中总有万念停息，才能获得当下的谬想。而在"于诸法上，念念不住，即无缚也"的拈提之下，突然有种新发现的棒喝！

我突然了解到，在这样无益的止息下，只是犹如在黑暗中摸索，幸运的话，在一万年之后找到，而笨拙如我，万劫亦难寻获"掉落的东西"啊！我是不是该摒弃所有学过的方法？

只是，单纯地看。不逃避、不阻拦、不截断、不干涉，也不加以评论，只是，看！但是，如果心里一片黑暗，如停电的暗室，要怎么看呢？就算努力想看，也看不到啊！正疑惑时，突然脑中闪过一句话："意识就是光！"

啊！啊！啊！

有意识，觉知的，就是那盏背囊里的手电筒，就是心中的光！

于是，心中毅然决定，摒弃所有方法！只是，单纯地看！不论心中升起什么样的念头，好的、坏的、善的、恶的、美的、丑的，爱的、恨的……所有心念，我都将只是看着它！不逃避、不阻拦、不截断，不干涉也不加以评论，就只是，看！我将带着意识的一束光，不加入主观的观察，我想要好好看看，心念起落到底是怎样运作的？

我想要了解心念的生灭过程。解脱与否，当不当下，管它的！于是，我坐下来，像是一个陌生人，与己无关似的，像坐在河岸旁，观看心里的诸念迁流，就如观看河水流动，不干涉也不评论。说也奇怪，当决定了好好去看、去了解念头的过程时，念头似乎就慢下来，让你好好地看，好好地检查审视。

我看着一个念头升起，然后逝去……下一个念头升起，然后又逝去……升起、逝去……升起又逝去……时间不知过了多久……

然后发现！当一个念头升起后，它会驻留一段时间，然后变化、变异，然后消逝，不见！凡所有的念，不管是你认为的善念、恶念、好念、坏念，喜欢的、不喜欢的……所有的念头，升起之后，最后一定、绝对会消逝不见！它们到哪里去了？不知道，只能说，归于空无了吧。

不论你多么喜爱的心念，你想要抓住它，企图不让它消失，或企图延长你喜爱的感觉也好，最后，所有的念和感受，无一例外，都会消失！这个结果就像是命一样，任何人，任何权贵，都没有办法可以去改变的"法则"。

然后发现！不论你认为的所有心念，你所经历过的爱恨情仇，多么的坚实，多么的深刻，难忘，它们都会变化变异，没有自我，没有坚定不移的性质，却像软弱，虚弱飘渺的一缕轻烟般，最终都将消失于空气中，不存在，不见了！

心中突然了解，凡升起的诸念，不论你要不要，想不想保留，还是认为止息诸念就能令心清静的想法，它最后都将归于空无！既然如此，那么，又何必努力抓住它，或止息它呢？

看到了心念的运作，也了解了它的运作过程和必然的结果，又何须修息止息之法呢？如果它必然的结果就是这样，又何须在意入定出定？而不管心念多么的复杂、刁钻，神出鬼没，或难以理解，都逃不开这简单而不变的四个过程：生、住、异、灭。

啊！我禅坐了那么多年，为什么连这么简单的道理都不懂呢？还花了那么多的努力，试图去截断、止息，它不需要人为的干扰啊！而只需了解，只需看，不就明明白白地摊在眼前了吗？

突然间，一股笑意急涌而上，我忍不住大笑起来！一直笑、一直笑……

笑自己怎么那么笨！到现在才"看见"这个简单的事实；笑自己怎么那么愚痴，以为止息诸念能让心回归清静，事实上，不管你想不想，要不要，所有的心念都自动回归清静，不需假手于你！你又何须白费功夫，截断众流，庸人自扰啊！

一直笑，一直笑，真的停不下来。也不知过了多久，等笑声停歇后，心想这"生住异灭"的道理，在经典中或同行同修的善知识中，亦曾听过的，对我一点都不陌生。但是，听到之后"相信"是一回事，当真的"看见"，又是相当不同的一回事啊！反观几年来的努力下功夫，其实也并没有白费，因为，"能够看见"的能力也是一种工夫啊！

了然生住异灭

我再次反问,如果诸心念最终必将消失,本身就是无体无自性的,是虚的、假的,而相较于慧能所说的"本性"的实相是真实的话,是不是先看见什么是假的,才能看到什么是真的呢?

所谓假的,并非不存在,也不是没有,反而是有形有相的具体,可见可闻可感可知的事相,而其性质是会变化变异而灭去的,它存在的条件是依各种因缘条件的聚合而显其相,当赖以聚合的条件缺少其一,而不俱足时,其相则消散,就是所谓的"假"的;从万象中看见,分辨出什么是假的,就可能看出什么是真的了。我脑中如是思维着。

"在我们目前居住的世界中,山河大地,万相淋漓,举目耳闻都是各形各色各种各类的形相,在可见、可闻、可感、可知的万相丛中,哪一个、哪一种、哪一样不会变化变异而灭去的呢?"我这样思考着,也举目环顾着周遭的种种。

顾盼良久后,发现:没有。

没有一物可以永恒不灭地存在!

没有!

以石块砌建的摩诃菩提大塔,看似坚固牢靠,但一万年之后呢?还在吗?

没有!

大如高山，小如一草一木，而至于人的血肉身躯，百年之后，尚在否？

没有！

更遑论那刹那刹那在变幻变异，难以羁握的诸种心念了。举目所及，身心内外，没有一物，可以常存不变的。

没有！

就如心念一样，凡是假的，变异的，不需下手，最终都将入于空，消失于本然清静中！

突然间，又大笑起来，心里笑着说："明白了！明白了！"原来身心、诸念、诸相实为无我，无自性之体，它自行生、自行灭，又何劳有心人下手啊！心中突然冒出四句偈：

自生自灭

自来自去

自行了断

自行解脱

刹那间，只觉"我法"二执俱破，身心觉得像卸下了一层包袱般，感觉轻松安然许多。"明白"的感觉真好，让人说不出的愉悦和自在。也不知怎的，不假思索地就随手在笔记本里写下感想：

> 执此身心以为真
> 念念相相妄执我
> 身心念相杳杳然
> 试问我在谁身中

虽则,破则破已,明则明已,但此臭皮囊犹在,余习尚存,未证空也。

见到诸念逝于空的事实后,对于之前"空"的不着边际,已渐渐可以感觉到不那么抽象和不可捉摸了。

我传真了这份明白的喜悦和刘若瑀分享之外,也随手写了一首诗和团员分享。我把阳台外交错的田陌和不远处的一座小山峰,昔日曾经登高望远,坐于峰顶的极目了然的开阔心境,和月出时月色照亮整个菩提迦耶的情景相连起来,隐喻目前心境:

> 阡陌纵横错
> 孤峰孑然坐
> 一轮明月照
> 大地山河破

自从发现生住异灭的过程和"法则"之后,我已摒弃方法,就只是坐着,待在那里,伫立在那里,像一个陌生人在岸边看着河水的流动一样，不下手，不出手，也不干扰评论，只是看着它升起、驻留、变异、逝去的自生自灭，自行来去。而奇特的是，念头反而少且缓慢，每升起一个念头，就忍不住笑了起来，笑它的虚妄无实性，也笑念头的荒谬、荒诞，明明与自己八竿子毫无关系，却在自己的内在显现，而最终却难逃逝去的命运。我又不理你，你又何苦升起呢？

有好几次笑得实在太大声，引来隔壁邻居和打扫寺院环境的人，在窗外驻足好奇探视。从他们眼神的惊诧，猜测他们可能认为我疯了。我只好尽量地压抑住笑声。

欲望转化成爱

自从那天亲自"一见"之后，让我如释重负、缠缚自解、身心透然，也开始有了一些转变。静静的努力不见了，好似"等待"一样，念起即笑，念灭等待。看到"念"的升起，其实过程是很简单的，一点都不复杂，重点是"不认同"。

念头，不真实、狡猾、自我解释、搜集、善于"扮演角色"等，一旦和他认同，就越来越复杂了，我们常陷入认同于诸种心念，自以为这就是"我"。而心念就如物质一般，无体无性，变化生灭，经典里说"有为法即生灭法"，我们于生灭法中打转而不自知，于生灭中妄执为我，不就是颠倒梦想吗？

"不思善，不思恶，正当这时，哪个是你本来面目？"本来面目，我不知之,只知善与非善,皆一一入于空。

只觉自己像个稍稍懂事的小孩一般,没有什么负担,有种喜乐在洋溢,对人、对物、对境,心中有种隐隐的"爱"。和小孩子谈话时尤其亲切,就像看到自己的孩子,突然间领悟到这不就是"慈悲"吗?或者说是慈悲的种子。

和陌生人聊天,和人分享生活所知所闻,看到每个人在天南地北时,敞开心怀升起的快乐,而这种快乐是无价的,没有利益纠葛,没有贫富差别,突然了解到"分享"的意义!

走在路上,常常有些惊奇的眼神看着我这个外国人,但是一声"namaste",一个微笑,对方也笑了。很真诚真实的笑容,刹那间的"交流"与"沟通",没有言语,就只是心与心简单直接的交流,然而双方都喜悦快乐,这是多么珍贵啊!此刻就像一个带着游戏心情的小孩,很惊奇周遭的一切,仿佛在探索这个世界,这个世界真的很新奇,很有趣!

我想起来了,第一次得法如此,而现在又回到那个点,只是了解更多了。某一天,我看到书中禅僧问:"如何成佛?"这句话时。啊呀!刹那间觉得这个问题怎么那么熟悉,但又非常陌生似的。看着自己才发现,随着那一见,以前要成佛的欲望,要解决生死问题、解脱、渴求身心境界的欲望,都到什么地方去了?好像不见了。怎么突然间不见了,我非常惊讶!因为自己曾经如此的在意。

而此刻发现这些欲望、渴求被转化成"爱",爱人爱物,渐渐地有很多人开始向你微笑、打招呼，我也微笑打招呼，很单纯，但是很喜乐。

一把打开心门的钥匙

仍然每天禅坐，只是放松地看，如猫捕鼠般，念起就忍不住笑起来。有一次，我实在难抑大笑，如果你曾经因为大笑不止而必须被迫压抑的话，就会知道那种难受。于是只好起座，推门而出坐在阳台上，看着印度五月的灿烂阳光，一片绿油油的稻田，心中无事，真好！也没有什么特别的事可做，此刻阳光和煦，气候宜人就享受自己，享受这一切的光景吧。

昨天下了雨，田里有一些积水，有几只鸟，长长的喙，应该是鹳吧？在浅浅的水中找寻食物。其中有一只鹳看起来特别警觉，它时而停止不动，观察，然后以迅雷不及掩耳的速度，一啄！时而谨慎的提脚，慢慢落下，时而举足不落，如金鸡独立的姿势，停住！它身上散发一种强大的收摄力，"活在当下"般的无比醒觉！

我看着它，越看越入神，被它的神态动作完全攫住！我全神贯注地观察它的一举一动心中没有升起一个念头，身心完全进入它此刻正寻觅的当下世界……它抬起脚，心中也跟着它抬脚，它寻找、我也寻找；它停止、不动，我也不动，如箭之待射般充满张力！它一啄，我也一啄；它吞，我也吞；它移动，我也跟着移动……我完全入神了，完全融入它与它同步，毫厘不差，它做什么，我就做什么，我发现我变成了一只鹳！完全与它合而为一。

此时，我听到一种从来没听过的声音，像百万伏特的电压，吱吱声中以非常低沉的声响，从头顶慢慢罩落下来！直至全身都浸润在百万电流的吱吱作响中。

我发现身体内的三个中心，身语意；身体中心、情感中心、理智中心，连结成为一个。三个变成一个！三虽然连成一，却又泾渭分明，清清楚楚，然而，这三个的界线又并非你我他这么分明若判，却又是彼此相通相融般的成为"一"！

这是个看起来既矛盾却又不矛盾的状态，三个是一，一又是三，既清楚分明却又混沌没有界限！而且，全然主动，又全然被动！

既主动又被动！既矛盾又和谐！既是三也是一，既是分明又浑然！

语言文字的描述，在这样的状况下，只觉途穷而有限。只觉得全身上上下下，里里外外通通"苏醒过来"！我完完全全变成了一只鹳，跟随着它的一举一动，在寻找食物，它提脚、观察、不动……快速的一啄，吞咽……然后，再寻找、提脚、警醒地落步……整个人完全变成了它！

时间不知过了多久，当它飞去，我心中大喊"明白了！明白了！"这就是艺术的奥秘！静坐的奥秘！这就是窍门，一把钥匙，一把打开心门的钥匙！

心中非常雀跃，非常雀跃，像是个如获至宝的小孩，又像丢失了玩具，如今终于找回来的跳着脚抃掌大笑！这不就是林谷芳老师说的："三密合一，一个人就变身了！"的奥秘吗？这不就是"道艺一家"了吗？我是它、它是我，然而我又不是它，它也不是我！明明白白的二分，却又浑然无隔的一体！

我曾听说，梅兰芳演贵妃醉酒，座上的人都为之神迷而醉，但梅先生一下台就如若常人般喝茶自歇……而一上台时，心入醉境其神态体态如醉似醉煞多少人也！这不也是刹那之间，让自己的"三密"连结而进入"角色的状态"中，自醉醉人也！而演醉酒的梅先生，却是功底扎实，程序一丝不苟，不容丝毫差错的严谨"做功"啊！表演者都知道，观众可以疯狂，但演员不行，演员必须当下清楚分明，移位走步，动作声音等都是排练好的，从无数次的排练中，演员渐次入于作品的内涵，演出时以精准却如醉未醉的引人入境，而自己则醉而不醉，形醉而意不醉！

我稍稍有点明白，为何西方人常说"西方没有形式，而东方却有剧场的形式。"正因为东方表演者透过形式而传达内涵，"以假作真"正是东方艺术的表达精髓！

在东方，一个艺术家会从技术入手，数年甚至数十年锲而不舍地磨炼，而终至心领神会，而他又以其生命所了解的心境，贯穿到作品中。而现代人常以强烈的视听渲染，却常忽略了技术之厚实和生命之底蕴至于艺术之必要。但枕于技术，却又如禅宗所言"死于句下"般的"死于技术"。

我了解到心有一个功能就是"感同身受",那是一种具体的想象和感受能力,而头脑是天马行空的幻想,并非真实的觉受力。而当下真实的观察就是头脑空空,一念不起却有知有觉。心的感同身受和头脑无有一念的观察以及返观,一个人就"变身"了!

一个人的三个中心,身语意,运动、情感、理智中心就互相连结而成为"一",当成为"一"的时候,一个人会体验到"空"。这个"空"却又并非"空无一物"般的死寂,既是了了分明、清楚,却又浑然,既全体主动的活泼盈满,又如伫立当地的不动如镜,"汉来汉现,胡来胡现"的映现万物。当眼前之物映现在这面镜子时,却也同时与物相契相应,水乳交融与之合一,如见故友的亲密亲切。

我与物合一

自从变成一只鹳的体验之后,很奇特的是,当风吹过稻田,掀起稻浪,我成了那个稻浪;离枝的树叶在风中飞舞,我成了那个在风中凋零,随风飞舞的树叶;鸟飞于空,我成了那只小鸟;我听,声音成了我;看见头顶着罐子,赤足走过林间的妇女,我成了那个顶罐赤足的妇女;看到残疾的人,心中就溢起悲怆伤痛,而一回头看到小孩无邪的笑容,心中又瞬间充满欢喜,期间的情绪没有转折转换,只如镜映物般真实呈现。

映入眼前的一景一物,也映入心田,相应相贴的契入感。有一种奇特又奇妙的情感状态，与所见所闻的世界，界线消融似的，随时随地可以融入，与物合一。

然后我了解到，人是可以扮演各种角色的，千千万万的角色，人、树、鸟、风、稻浪、声音，等等，诀窍即是三密合一，一个人就于空境中变身而相契于万物，于合一中又了了分明，于分明中又融为一体。是戏、假的、幻化的，可又是真的！于当下，明真分假，亦于当下，无幻入幻。也明白了当下既是把过去现在未来一时俱放，却又不昧过去现在与未来。

从前的坐禅如螺旋式的爬阶梯状态，不知道到底行到何处，只觉有时进、有时退，有时像冬雪枯寂，没有消息，有时又如春天花开，处处繁华，有时上、有时下，有时殊胜、有时掉落，但总不敢放手、不能放手，也无从放手，生恐一放手就会一无所依般直落深渊。

而现在觉得这长长的第一层阶梯终于爬完，可以放手了。而第二层阶梯已赫然在眼前……我也觉得待在菩提迦耶的时日差不多了，虽然一片恬静的稻田让人流连，但我知道该动身去旅行了，正如当初所预想的，待上一段时间之后，去"碰"、去"冲击"、去体验出出入入。

空爱不二

考山路的喧嚣与庄严可以并存,
行脚托钵僧的道场与红尘不即不离,
彼此同在,却也不觉背离妨碍。

去达兰萨拉之前，我想先去其他地方旅行，但是去哪里呢？不知道。去佛陀涅槃地拘尸那罗（Kushinagar）呢？还是瓦拉纳西？心中实无清楚的目标。突然想起某次跟人聊天中，听到瑞诗凯诗（Rishikesh），言谈中得知是印度的另一圣地，颇为有趣，于是就决定去这。

在等待启程之前，实在无所事事，每坐禅毕，就去尼连禅河边散步走走，或是重读《探索奇迹》《六祖坛经》和《楞严经》。重读一次，会发现虽然之前读过，但似乎遗漏了某些段落或语句，有些则是更加了解其中深意，有些话语似乎有了更深一层的含义。尤其是观世音菩萨的"耳根闻性"，文字之优美，言简而意赅，被深深吸引："初于闻中，入流亡所。所入既寂，动静二相了然不生。如是渐增闻所尽闻。尽闻不住觉所觉空。空觉极圆空所空灭。生灭既灭寂灭现前。"

文字不仅流畅优美，其意境尤引人入胜！

有时，看完一个段落，推门而坐于外，四周寂然，独自品味经文的余韵。夜深时分，寺庙里寂静无比，只闻田中蛙鸣之声，寂寥一片。繁星点点，暗黑把天地连成一片，如无限延伸的无声之河，而明月朗照时，却又全体通透，物物分明，光耀千里。心中忽有所感，顿然间诗意涌上心头，随手写下：

暗夜繁星争奇妍

蛙鸣寂静长河延

月出星河相失色
高挂九际孤明天

时而，仲夜时分，众人皆睡，在遥远的村落，却突然传来欢愉的鼓声和吆喝声，似乎在庆祝什么，而月明的寂照和蛙鸣的寂寥，却又与欢腾喧闹相融相合：

震鼓笙歌动地来
划入清寂相依赖
闻闻如如不动尊
明月孤照朗乾坤

也许是对眼前唾手可得的一片静谧稻田的情有独钟吧，有一晚，我偷偷带了一瓶酒，在月明而万灯熄灭的深夜独酌，享受朗然却蛙声虫鸣回荡的孤寂感。而寺院里的老狗，闻推门声而至，伏卧在身边，像陪伴老友似的，不扰人。此情颇令人温暖，而此景，萤火虫正一明一灭径自飞舞……

独坐蛙鸣中
孤狗来相伴
九酌无分杯

夜火明灭飞

如果可以，夜深月明下真想与你干一杯啊!
不知夜多深沉，只觉微醺中，安然而眠，而老狗也回到了它的住处。

突然会写诗

　　不知怎的突然会写诗，下笔不加思索，亦不修饰，想到就写，也知自己非敏于文字者。诗亦非好诗，好诗非中道，只是当时心境而已。但有时，诗，于浑然中，于写景叙景时，却比一长串文字更朗然清楚。
　　我所关心的范围很狭小，无非是家人、团员和行政优人。想到刘若瑀的奔波辛苦，就寄诗给她，希望她身忙而心不忙：

　　尘尘沾衣身不衣
　　奔奔舟车心不已
　　百千万亿化身苦
　　化苦为露亿还一

　　第二天，我又写了一首给她：

常在尘中无垢除
心非奔逸亦无伫
三身无身何言苦
无亿无一无寸土

我想到阿晖,从优人神鼓开始,为剧团打拼了很多年,在团里也担任重要角色。阿晖对"美"的事物特别敏锐,有时他拾起路边的油桐花,放在盛水的碗里;有时在山路上捡起掉落的枯枝,放在排练场一隅,还真的平添几分禅意。而有时他迟到,或心情不好,绷着脸的不快,让人不知如何化解。但是,当他一展笑颜,所有的乌云皆消,顿时如晴,他的笑容有种令人释怀的万里长空。

凡圣善恶念
不思不立言
非对亦非立
何处天堂岳
无心也无意
去来都如一
天自空,海自阔
不如意还归不如意
染净生灭他自己

不气

笑,独自下棋

而阿海,好学好问,长于思辨,犹好问道。在开会或分享时,总是"为什么?""为什么?"的,把众人的疑惑不明提问出来。

我喜欢阿海的"疑惑",疑惑有一种向未知领域触探的询问感,没有疑又怎会有悟呢?所谓"大疑大悟、小疑小悟、不疑不悟"。

求事求理求菩提

不求一心反求疑

明心明相明自己

一切何需求故里

有一天,阿海的疑惑反向而诘问自己时,那是可以翻转生命能量的。他对"道艺一体"最是勇于探索的,他从香港来到优,就是希望能解其意。希望他能了解心的空无,真的有无限可能,尤其是喜爱戏剧的阿海,空无中,有股活泼如镜的东西,能契入万物万象,合一而了然,无须想象、情绪行事,却又情感丰沛,与形式相契。

无事无理无菩提

但求一心莫迟疑

非心非相非自己

一切咫尺如故里

小琳能言善语,"正事滔滔多如一"之外,也希望她体得"观此自在无碍意,才说一句便嫌绮"的默然无语之境。博仁敦厚善持,"还须杀人刀"的勇猛;阿努拉则"气盖山河狮子策"无一物中须蕴含。

秀妹"入山本非修道意",离枝而长于都市的原住民,她来剧团的初衷是希望在大自然的怀中工作和生活。应征考试时,本不看好,但她唱歌时,顿然令在场的每一个人专注聆听!一首歌,她进入了优人。

有一次在排练"心戏之旅"时,刘若瑀指示她,"你如何叫现在正在排练中奔跑的人停下来?"秀妹尝试一些方法,例如喝令大家停下来,用厉言或柔语,甚至走到奔跑的人面前,刻意阻拦,用手拉扯,企图让奔跑的人停止下来……她试了很久,都不能让正在奔跑的人乖乖停步。她于是停下来,看着奔跑的人群,似沮丧又无奈似的,慢慢走到一块石头上,坐着,然后,唱歌……

秀妹自顾自地唱着,不管正在奔驰的交错忙碌。她的歌声像在述说什么,渐渐地,所有奔跑的人放慢步伐,停了下来,驻足聆听。我那时也是奔跑者之一,喘息中忽然听到歌声中有种抚慰人心的温暖,使人不得不停下脚步,聆听她的叙述……

每次开会或分享时,秀妹和阿海正好相反,她总说,"说那么多,听不懂,做了再说!"而教她"一",她就学会"一",教"二"学会"二",不浮夸、不跳级,如实地学,深得我和刘若瑀的心。

秀妹在三个月的自修中,回到部落寻根,接上族人的脚步。她性子直爽,也恐她执于山林,执于所学,于是以诗励之:

执一,一取

执山,山夺

不执不取中,山山一一峰

修不修,了义莫空逢。

才寻,就不得癫疯,

谁揽尘劳倚?谁执缚系?

且看他翻天覆雨,何益何逸。

回身处,定!

临境不疑,虹天不相依。

待他风过雨过天自怡。

第二天,我又写了一首给秀妹,期许她从文化上曾经失根的自怜和自卑中走出来,心与身份可以是无关的,正如《坛经》里,慧能初见弘忍,忍和尚问他是哪里人?欲求何物?

慧能答曰:"岭南新州人,远来礼师,唯求作佛。"

弘忍试探地问:"你是岭南人,又是**獦獠**,怎么能够作佛?"

慧能:"人虽有南北,佛性本无南北。**獦獠**身与和尚同,佛性有何差别?"

虽有诸种人,诸种言语,文字和肤色,而自性无有差别。

自古云天不共

风雨不从

回望自处

阔如天地同

而行政优人的工作辛苦,并不比山上的优人轻松。如果团员是"手工艺生产部门",行政工作就如同"包装、营销、推广部门"了,其间的细节和细腻的处理,层层相扣,实与艺术表演者所付出的心力,不相上下,甚至更多。一进办公室,似乎总有处理不完的事,一件一件接踵而来,有时加班到晚上十点,是常有的事,而为了赶在某个案子的期限内送出文件,没日没夜地赶进度,工作到凌晨也是常见的。众人皆酣睡时,只见他们离开办公室,身心俱疲。

望不断千江影尘,万里浮载沉,

不弃衣襟带一水,随流高枕。

非望非断、非即非离、非沉非流、

非直非曲、非急非闲、非看非听、非要非弃、

非非亦非、许你微尘中遨飞。

怀不在怀、各人自有一块，

闲中速偷，

嗨！偷见山海自坏心自快。

寄语辛苦劳心的行政优人，忙中偷闲，疲累之外有一个永远不疲累的所在，那里没有日夜，没有冬夏之别。

每日晨昏，仍然练拳，但心中想，拳法中的套路，有种"惯性"存在。在云门工作时，每日的基本训练动作中，几乎都涵盖左右、前后的相反练习，让舞者能够同时掌握两边，使身体平衡，不致落入惯常的一边。于是，我也尝试"正向"和"反向"练习少林拳和太极拳。葛吉夫神圣舞蹈的训练里，也有所谓"镜相"（mirror）的练习，在学了一系列的动作后，"反向"地做出同样与之前的序列相反方向，相反运动的动作，如人照镜时的相反。

当惯性的拳术反向而为时，身体的确经历一种陌生而奇特的感受，似乎在连结、整合，同时也在弥补"落于一边"的不平衡感。

在神圣舞蹈的集训期间，有时老师会要求学员观察自己平时的动

作惯性,例如走路时,是习惯右脚先走?还是左脚?提拿东西时,惯用哪一只手?然后尝试在觉察到惯性动作,以另一个非惯性使用的手或脚去做,打破惯性。优人在山上时,也曾以左手吃饭,练习虚弱的另一边,除了破除惯性,补足缺失之外,同时,一个人的警觉性也会跟着提高,像小孩子学习新东西的专注和注意力的集中。

特别等到月圆之后,再离开菩提迦耶。离开前夕,我来到昔日和尚的房间,如今已空空如也,站在一室空然中,凭吊这位挚友,分外怆然。

第二天清晨五点,在小镇尚未醒来的静谧中,离开了。

大家都眉开眼笑

火车站里也似乎安静许多,大厅内躺卧了许多正等车的人。上了火车,黎明破晓。车厢内的旅人几乎都熟睡,我熟练地放好行李,上了锁,就爬到卧铺上倒头补眠。

火车上的饮食供应无缺,叫卖食物的声音络绎不绝,有时行驶了三四个小时之后,火车会停在一个大站,通常会停15分钟以上,我就会下车在月台上走走,或是买些食物。火车启动之前会有长长的鸣笛声,就算火车开动,也会龟速缓缓移动,你有足够的时间抢进车厢;我已经摸清楚印度火车的规律,悠然而游。

心中有种放开来的感觉,我会主动和同座的旅人聊天,卖茶的人来了,我会问身旁的人,"要不要来杯茶?"当同座的人迟疑不决,该不该接受时,我就和卖茶人说,"请给每个人一杯茶。"而同座的人,喝到一碗茶时,心防似乎也解开了。有时他们会把从家乡带来的随身糕点,小心翼翼地拆开,主动与你分享。

有时,稚龄孩童以渴望的眼神看着零食时,妈妈绷着脸说,"不许!"我知道,二等无空调车厢里,大部分都是中下阶层的印度百姓。其实,妈妈的眉宇间也透出想买给小孩的神色,只是,有苦衷吧!而哪一个小孩不喜欢零嘴的呢?于是,我就买了零嘴递给小孩。只见妈妈不好意思地笑开怀,小孩,也眉开眼笑地高兴品尝,同座的人也轻松地笑了起来,周遭洋溢着一股欢愉的气氛。

快乐,真是人间极品啊!

偶尔,在车厢里打扫的孩子,蹲着身子把车厢里里外外打扫得干干净净后,一一向车厢里的每个人讨酬劳,有人给,他就喜;有人别过脸,挥手,不给,他就忧愁。看到一个十几岁的小孩,为了讨生活而非常认真地打扫,希望挣得一口饭而卖力,心中动容不已。

我给了他一些卢比,看到他脸上满心欢喜的神情,笑不拢嘴的模样,心中也跟着他高兴起来。邻座的拒绝,他已经不在乎了,快乐地扬长而去。

啊,真好,看到一个人快乐,真好!而快乐,是可以传染的,同座的每个人,都可以感受到他们释放的欢乐与开怀。

盲眼吹笛人

午后,日头炎炎,火车在一个不知名的小站停歇。我看到一位失明的老人,被孙女搀扶着上了火车。相较于月台上的步履匆匆,他沉缓的脚步特别引人注意。

火车缓缓启动之后,他拿起手中的笛子,吹奏起来。笛声瞬间充斥整个车厢,所有人无不被他笛声中充满哀愁忧伤的情感所收摄,安静下来。只觉得刹那之间,时间和空间凝结于深深的聆听中,仿佛天地间只剩下这困苦哀伤的声音在空气中流荡。

我只觉整个人消失无踪,全身仿剩听觉在运作。而就在心轮的地方,与笛声同步响起,与他连成一体。他吹奏时,仿如己出,完全知道他的旋律怎么吹。几句旋律之后,音符暂时的停顿,心里也跟着停顿,从凝结的空无中笛声再度响起,声音也从心中的空无响起,跟他同步一致地在"创造",他的笛声充满了困苦哀伤,整个人也变成了困苦哀伤!

他的孙女经过每个旅客时,伸出手,好多人安静地掏出钱,给困苦哀伤一点价值。沉缓的脚步,慢慢地往一节节车厢而去,直至笛声杳然,火车的隆隆声再度袭来;胸膛间已止不住欲哭的抽搐。

车厢里维持了好长的无言安静,忧伤的笛声似乎把人的烦恼和追逐的心,像经历一场宗教仪式般的洗礼和洗涤,显得既孤寂又庄严。望向窗外,正看到一棵枯树,无枝叶,在将临的夕阳下挺立,不争天地的孤绝。

远处苍茫……

过了好久，车厢内才恢复"正常"的交谈。而我也突然明白，当下深深地聆听，就是"创造"！不同于"创作"过程中，总有某些元素的运用，透过头脑的编排和有机的组合，以及创作者的所感所思而"创作"出作品。在"创造"中并没有过程和目的，只是当下的空无中，契于物，而与之完成一个全新的状态，而当中，你我无隔。没有前后内外之别，只在当下此刻与正在发生地在一起。

第二天早上，火车明显地往山林间行驶，翠绿的树丛在明媚的阳光下，分外令人心情明快。一对兄弟，弹着琴沿着一节节车厢走来。和他们聊天，得知他们的生活穷困，家里常常有一餐没一餐的。

"某一天，我从一个人手中得到一把琴，那个人教了我一些弹琴的技巧和一些歌曲，我们学会之后，就在火车上弹唱，以此为业，希望能纾解家中的拮据。"随即，他就弹唱起来，年轻热情的歌声，充满了轻快和北方山林的辽阔奔放。他旁边的兄弟边以手击打着拍子边唱和，然后伸出手，弹唱的年轻人就说："当我兄弟伸出手来，虽然有点脏，但请你施舍一些卢比给我们的未来吧。"

热情奔放加上恳切的请求，任谁都难以回拒的。我给了一些卢比之后，他们边弹边唱，欢喜地往下一节车厢而去，而热情的余温和自食其力的感动，仍在心中回荡着。

聆听，不需要耳朵

中午之前，火车就抵达瑞希凯诗。

对印度人而言，瑞希凯诗也是一个非常重要的圣地。恒河自喜马拉雅山流淌而下，流经山脚下的瑞希凯诗，河水清澈，河岸边的沙砾洁白。上游平缓，下游则砺石巍峨，河水湍急，哗然之声令人有被冲刷洗涤之感。这里也被称为通往喜马拉雅山的入口。这城不大，像菩提迦耶一样，散发着小镇的气息，但印度教寺庙林立，或称为静修所（Ashram），沿河依山而建。这里也是学习瑜伽的地方，每个寺庙几乎都提供瑜伽课程。

旅途劳顿，睡了一个长长的午觉后，精神恢复，便信步走到恒河下游，找了一块石头坐下来，夕阳正西下，色彩变幻莫测，瑰丽灿烂。

望着湍急奔流的河水，听着群鸦起鸣，只见河中央一块粗犷的大石上，站着一只鹭鹰，像聆听着水声湍急，不顾一切，神气无比，若独立于天地，昂然自得；而河边正有印度教徒，沐浴净身后，把祈愿的水灯流放于河中。稀稀灯火，承载了旷旷心愿，顺流而下……

　　江中孤一鹭
　　与石为伴不随流
　　群鸦蜂起鸣

不顾不盼独昂聆

纵身恒河浴净身
万劫罪恨
随含花一盏灯，漂流去
纵有千里亦不乘
心愿愿，一生灭却贪痴嗔

夕阳将暮时，印度教徒聚集在瑞诗凯诗最大的寺庙前举行祈福仪式，河岸边搭了一个舞台，面向恒河。教徒们和着琴声和塔布拉鼓鼓声，边拍手唱歌边手舞足蹈，唱到兴致处，愉快的笑容挂在脸上，节奏旋律轻快、欢悦，与当代的流行乐有异曲同工之妙，但不轻浮，才发现原来印度教在沉静冥想之外，也有不严肃的一面。正如西塔琴对灵性的召唤之外，在塔布拉鼓跳动的节奏感中，却挑动着感官的极度舞动。这一动一静之间，却能彼此平衡融入而又相辅相成，互为一体，既是感官体验的，又是灵性的，既是矛盾的，却又不相妨碍。

旅行中，仍然维持每日的功课，民宿顶楼宽阔的阳台正是练拳的好地方；房间里，睡觉的床也是打坐的蒲团。

自从在火车上与盲眼吹笛人的笛声相遇之后，发现"听声音"的奥妙。音乐直接以心轮聆听在心轮映现，完全没有透过耳朵这个器官的媒介。

一天早课，有两位印度人在房门外的走廊闲聊，宁静的清晨，聊天声格外清晰，有时伴以小小的争辩和笑声；如果一个人正静坐用功，一定会觉得魔音穿脑般的干扰，难以入定也难以修法。但是这两个人的聊天，在心轮映现时，却没有干扰的感觉，反而有种奇趣和享受。享受我听不懂的对话和高低起伏的声音之外，似乎也正在他们旁边，默然参与般的聆听。有趣的是，偶尔的争辩或开怀的笑，也没有牵动内心的情感波动，或被扰乱打扰的感觉，闲聊中的喜怒哀乐，在心轮的位置，只是如实呈现当下的声音反应而已。

我发现，聆听，是可以不需要耳朵的！

以耳听闻，会落入喜欢听自己所喜欢的，而拒绝或逃避自己所不喜欢的，听到心所喜的则喜，听到心所恶时则恶的二元对立之境。

以心轮聆听时，心喜心恶的分别思辨刹那间就剔除了，只是接受和让事物自行呈现，而没有好与不好的问题。

因为事物不会一直停留存在，它会变化变异，他自行显自行灭；所谓好的，来了会去，不好的，也同样来去，自行生、自行灭。

目所见如此，耳所闻如此，身所感如此，心所受亦如此。

爱，无止无尽

有一天，趁着温煦的阳光，沿着河的上游，散步到林木青翠处。

半路上，看到一个失明的老人，坐于街边，面向恒河。他和着手风琴，开合间，唱出哀哀苍凉又辽阔苍茫的歌曲，略带沙哑的嗓音特别引人瞩目。我停下脚步，找了一块石头坐下，聆听他如述说的歌声，旁边也渐渐地聚拢了驻足聆听的旅人。虽然不知道他所唱的字词是什么，从一些单字，如"恒河"、"湿婆"，大概知道他唱着有关印度教中最崇敬的神，伟大的恒河之美的诗歌吧。

这位吟游诗人独特又饱藏生命阅历的歌声，充满着一种情感，让人越听越入神。我望向恒河，竟觉得他的声音所传达的内容，竟比咫尺之遥的恒河还要真实、丰富，甚至有生命力！他唱出了心中所爱的神和孕育了印度人精神的恒河，充满了爱的歌声里没有煽情、激情，也没有耽溺的情感。歌声中也并不只有平顺、安详、庄严，却更多是"个人特质"的再诠释和尽情开怀的唱咏，他那令人深刻又动容的情感透彻肺腑，顷刻间整个人消融在歌声里……

我似乎忘怀于歌声中，而不知时间之已逝，身旁原本聚拢的旅人，不知什么时候，都已一一离去。当中午的炎热降临，他已唱完了最后一曲……

带着无比尊敬的心情，我给了他一些卢比之后，转身正要离开，才走两步，突然间，心中有一道闪电般"啪"的一声恍然有所悟，内心深处涌出"空爱不二"！

啊！我了解了！我突然间了解了"那只鹳"的真实意义！更了解道艺一体的含义！原来所有的创造，所有的活动、生命、生活、艺术、静心、工作、人际关系……一切的一切，背后的原动力是"爱"！

原来空无中，活泼又说不出来的那股能量，是"爱"！吟游诗人心中如果没有爱，他唱不出透彻肺腑的歌声和情感；他如果还有"我"，恒河和崇敬的神就进不去他的心中；如果他还有"我"，他就会自我想象、自我解释、自我扭曲，他必须要"空"、"无我"，让所爱的充满他、转化他，最后成为他所爱的，与之合一。而他对恒河和湿婆神的热情超越世间的"爱"，唱咏中，个人的小我融入了崇敬无限的大我，所以他才能于爱中显"空"、才于"无我"中传递深沉的情感。

空与爱是一体之两面，无二无别。

爱即是空，空即是爱，空爱不二！

突然有种明了之后的喜悦，有种奇妙的情感瞬间泉涌而蔓延至全身，心中怎么样都抑制不住抽泣，怎么样都止不住已涌至的眼泪，大步地跑到河边，放声大哭，尽情地大哭，一直哭、一直哭……不是悲伤，也不是感动，是喜悦！此刻，只有哭才能表达心中的了解和犹如花开的喜悦。畅快地哭完后，看到河边有妇女正在洗衣，便快快乐乐地吃饭去。邻桌，不经意看到小孩无邪的笑，我也笑了。

也许恒河有尽，而"爱"，却无止无尽。

千山有路千山入

夜夜清心夜夜新

应锋知者始能了

万水千波不空晓

春天的山中小城

在瑞希凯诗待了几天后，决定从这个喜马拉雅山门户，去达兰萨拉。在火车站等车时，不经意地却错过了火车，但心中没有焦虑，心想，那就多待一天也无妨，我走到站务室问问可否换票，站务的经理看了看车票，说："你要搭的火车正停在二十多公里外的某某车站，等待北上列车会合之后才会开动，你可以坐电动三轮车去，你有足够时间。"

于是我搭了车到那个不知名的小站，顺利搭上了火车。果然，两个多小时后火车才启动北上，这可说是印度火车之旅的另一番奇特际遇了。第二天清晨抵达帕坦科特（Pathankot）之后，一切都甚为熟悉，坐了人力三轮车去车站，顺利搭上往达兰萨拉的公交车。帕坦科特是北印度的军事重镇之一，车站内外和街上，随时可以看到军人。公交车进入喜马偕尔邦之后，青翠的山林景色和逐渐凉爽宜人的天气，令人忘却舟车劳顿。

车行约莫两三小时后，一座雪山像地标似的，远远挺立，就知道达兰萨拉已在不远处。四月的季节，这里仍有春寒的余威，尤其夜晚时分和雨后，气温陡降，甚为湿寒冷冽，而白天和煦的阳光，又令人如沐春风,温暖舒适。

春天正降临在这个山中小城,满山满谷的蝴蝶,随风飞舞,整个小城都充满了轻快的心情,令人惊喜连连。我从来没看过这么多数不清的漫天飞舞的蝴蝶!刹那间好像身处虚幻、无忧的童话故事里。打开房门,不经意间,蝴蝶就飞了进来。蔚蓝的天空,老鹰倨傲飞翔的英姿,和举目所见的雪山和陡峭如巨斧劈开的雄伟山势,明快畅然的气势,与蝶舞之曼妙,令人有大开大合,既刚且柔之感。

清晨时分,趁着阳光的温暖和空气中微微的凉意,散步在人迹罕至的幽径,身旁的松林,挺立参天,各具其形;绵延的山脉,峰峰自孤,各自雄峻。看着鹰飞于空的神气,瞬间,就可以"变身"为它,与之翱翔,共游蓝天。

看着一块巨石,就成为巨石;看着一棵树,就成为树;看着一朵花,就成为花;看着山间牧羊的少女,就成为少女。心与物似乎无隔,如见久违故友般亲密亲切。眼前所见,各自有其位般的"自然",互不妨碍。我走到山间一处豁然开朗处,昔日曾常常在这里休憩过的一家小茶店喝杯茶时,随手写下:

空谷蝶影随风舞

花开逢春林中庐

巨斧劈喇峰峰孤

星月无碍天自独

峰自孤傲鹰自舞
幽谷曲径不见吾
冬雪夏木秋叶瑟
无碍星月无碍无

心中的藩篱

达兰萨拉市中心商店密集，人潮如织，颇为热闹之外，周围更散布着大小村落，近者步行十分钟，远亦也不过二三十分钟之遥，即可远离市嚣，寻得幽静，许多从印度各地而来的旅人，除了避暑，也希望在山谷林间觅得一方清幽，享受恬静与自然之趣外，也可以好好做自己的功课。

前两次来到这里，都住在僻静处，专心用功，而这次，我觉得可以尝试远离幽静而近市廛，因为在静处得静易，而如果在闹中亦能不失静境，这样的安静才有价值啊！于是，我找了一个近繁华处，人车必经的一间民宿住下来。我想验证，是否可以打破安于僻静的惯性，在闹中取静正如尝试吃肉，试图打破、冲击累积多年的惯性，和所建构的心理藩篱？

我们是不是常常自己建造了围篱、高墙、规则和禁忌，阻隔了外界，也阻隔了自己？囚禁自己？束缚自己？"朝向特殊目标"的尝试，真是一件有趣的事！其结果如何，已经无关紧要，过程中的未知和充满尽管一试的行动力,让人不计成败好坏地往前走,往前探索,才是兴味之所在。

早上九点之后,大街上的热络慢慢随着阳光蒸腾,尤其是汽车和电动三轮车的呼啸与不时鸣放的刺耳喇叭声,杂以脚踏车急促的铃声和高声呼喊,虽没有北印度的频繁,但也已达到扰人清幽的标准了。

说来奇特,自从遇见盲眼吹笛人,在心轮感悟"创造"的体验之后,所闻之声似乎理所当然地跳过了耳朵的听觉媒介,直接就映现在心轮处。听起来似乎恼人的市井之声,却一点也没有干扰,不觉燥乱亦不烦人,反而有与之同在的当下感。

喇叭声突兀、突发地争道而鸣,心中也随声而鸣;呼啸声迤然而过,心中亦与之呼啸而过……不抗拒也不逃避,不即,也不离。间或鸟啼、鹰嗥、风吹、树飒,叮当铃声,人声窸窣……都一一在心轮处映现过往,不驻不留,任声音来去自如。

几天之后,觉得这近市尘处,不觉吵闹、扰恼,亦不觉得有失静感,于是就住下来,与喧嚣共处,品尝动静。

道艺一体

闲暇的午后,无事,就重读《探索奇迹》和《六祖坛经》,每读一次,似乎更为深化。书里的一句话,当时的了解,和现在再重温时,似乎在原来了解的基础上,又拨开了一层外壳般往内更深入一些。

我想到林谷芳老师有一次说道,"东方的艺术家,在岁月的琢磨中,把艺术的境界一步一步推升、提炼与见证。在东方,艺术从来不是体力体能之所关乎;20岁时有20岁的魅力,40岁有40岁的风华,60岁有60岁的风光。一首《二泉映月》,20岁时有20岁的诠释,40岁有40岁的感怀,60岁时,则有60对生命的体悟,而《二泉映月》,旋律音符皆同,但却因艺术家个人生命之感悟而有不同之境界。艺术与生命相扣相合无有涯尽。

"严流岛一役后,武藏终其一生,却须担起天下第一剑的事后见证!"

练拳的人都知道的,持续地练了一段时间之后,会体悟到动作已全然不只是动作,似乎有些"意义"从动作中冒出来。这冒出来的意义,和动作无关,倒是和"心理"有关。一套太极拳何尝不是如此,每天演练的都是同一套程序动作,而日复日、年复年、忽有一日,在松沉移转中忽有一股"气力"遍满身体,于一招一式中忽觉"动中有所感",举手投足间带有某种"情感",有气有势,有神有觉,于浑然中亦不失清明。

读一部经典亦复如是。

初读时索然无味,5年后有感,10年后若有悟,20年后恍然,30年后,理行双融而内外通透。经典里一字一句皆同,改变的其实是个人生命之体征感悟。知识并无增减,而是个人素质的转化和转变,致使一个人于一句一语,一偈一经中,深入深化,终至有所悟解。

"知识与素质平行发展,才能产生'了解'。"这不就是"理行合一"吗?

有一次在木栅小区大学招生的表演,林老师和若瑀说,"两年前,看你演奏这首鼓曲,两年后,同样的鼓曲,没变,但是却比以前更有气势了,到底是什么不同呢?"

林老师沉默一会后,说,"功力!"

林老师又举了千利休的例子说:"千利休未成名前,十几年来,日日举壶不下千次,锻炼基本功;一日,忽然技术与功力'啪'地相合,举壶沏茶入于三昧!这就是东方'道艺一体'的实践。而中华文化,自古以来,本就是道艺一家,个人生命境界之深度厚度与高度,与艺术相契一如。"

"功力"是东方艺术的精髓,所谓"有功无拳,江湖走十年,有拳无功,江湖走不通。"

"台上一分钟,台下十年功"也正是如此拈提的。

"禅,同于剑刃上事,一出手,便知有没有。"演员在台上的一举一动,亦如"禅,同于剑刃上事"般残酷,一出场,即使只有简单的走路、走位,明眼人一看便知,演员的功力已表露无遗,一目了然,换句话说:"一出场,便知有没有。"骗不了明白人的。

一个表演者,图的并非虚荣的掌声和优异的表现,只图每一次在台上演出时的"两刃相交,无所躲闪"时的交锋,把自己逼向一层一层的高度和深度,到后来,在有限的舞台上,在"河的两岸"里,在不自由的框架、纪律中，自由地游刃有余吧。而舞台上严谨的纪律，实是表演者自由飞翔的双翅。

而艺术之淬炼，也并不只博众人之快，实乃图一己生命之圆融与了悟也。艺本来就非无尽处，艺术或能寄情，但终归不是生命之所依托处，以虚依虚，何以有涯之身追逐无涯之境呢？但生命之体征感悟与艺术相契相应，却又使得艺术终于有了实义。

而艺术就以"媒介"、"载体"和"桥梁"的功用，与探索者的日益琢磨，一层一层地深化了解相合。自此，艺术就并非如空中花般无根，彩虹般瞬间灿烂，昙花一现般的短暂，而成为可以流传千百年，可以供后进者循阶而上的基石了。我亦希望自己的肩膀，可以厚实的为后浪者，踩踏上去，企及更高的境界。

而每一种工作，亦如艺术般，在日常的例行中琢磨、留心、用心，以觉为本，当下做好"一件事情"，专精专研，即便是一个清道夫，也可以扫出他自己的哲学。卖茶的有卖茶的哲学，卖牛肉面有卖牛肉面的哲学，市井里吆喝卖菜的欧巴桑也有她们独到的哲学……哲学来自真实的经验，她们的哲学并非凭空想象而来，而是从工作中体悟而得。

工作与道之合一与艺术与道之一体，都是相当的，无分彼此。维摩诘所说经里有一句话说得很真切："一切市井买卖皆与道不相违背"，换句话说，杀猪的屠夫亦有佛性，皆可成其道业！

此刻，我正在街上溜达，一群小乞丐正伸长着手向我走来，啊！

乞丐也有乞丐之道啊！如何从你不情愿得手上挣得一分钱，就是"工作之道"。从他们脸上没有深入肌髓的悲苦之容，就知道是在大人指使之下而为之。清晨时分，他们从周围的村落来到热闹的麦罗甘吉乞讨，傍晚就准时"下班"，回家去了。

我并没有拒绝他们，看着他们的"表演"，忽地会心一笑，好几个小孩也跟着笑了起来，突然间我们对彼此开怀笑着，有几个孩子就用印度语和我说话，我听不懂，大概是"这个小孩怎样怎样啦"，"那个又怎样怎样的"，像互相告状，又互相调侃似的……只觉得，他们好快乐，不是乞丐，是孩子！

情不自禁地，给了他们一人一卢比，这群孩子就笑嘻嘻地，跳着轻快的脚步，飞扬而去。当中一个年纪比较小的小妹妹，回过头来，她那蓬乱的头发，黝黑的脸庞下，犹如天使般灿烂的笑容，阳光的神采，让我动容！

我怔怔地望着他们远去……好快乐的一群孩子啊！

解除制约

民宿另一边，是一条泥泞小路，也是登山幽径之一。每天清晨，凉意尚未消退，总看到一位脚残的乞丐，孤零零地坐在路边，每天出门早餐时，我总会路过而给他一些卢比，几天之后，他就知道每天早晨的第一个"顾客"，是一位不知从哪里来的东方人。而渐渐地每天的施与卢比之后,他总是露出喜悦的笑容。慢慢地,当他看到我正走来时,就笑容满面,如破晓的阳光般灿然。

当我要离开达兰萨拉的那一个清晨,我心想,如果我今天不施钱,他仍会满怀笑意吗?于是我决定试试看,经过他时,双手一摊,表示今天没钱可施,只见他脸上的笑容,转变成疑惑,不能置信,最后变成怒目。早餐之后,再次经过他,我把一些卢比放在他的钵中,只见他从如坠地狱般的沮丧之情,瞬间笑得如天堂般的灿烂。

"啊!谢谢你。"我说。谢谢你为我上了一堂叫"制约"的课。生活里,我们不是常常碰到类似的事吗?赞美时心生欢喜,遭遇贬抑时则心生厌恶沮丧,仿佛自己一无是处。我们是不是常常被自己的观念所制约?被自己的情感情绪制约?如你所意者则喜,不如你意者则恶的惯性制约?我们是不是被自己制约了而不自知呢?

我想起葛吉夫说过:"人是一部机器。""这部人体机器被他自己的本能机能、运动机能、情感机能和理智机能所制约。"机能就是各中心的工作,除了上述的四个中心之外,葛吉夫另外还特别提到第五个中心,"性中心"。

当性中心以它自己的能工作时,是一件非常大的事,但这很少发生。光是性中心独立的运作和它强大而精致的能,就可以转化有机体。

只是在一般的情况下,性中心并没有完全发挥它独立运作和正确的工作。

也就是性中心经由其他中心而活动,以及其他中心经由性中心而活动。更精确地说，性中心向别的中心借能来运作，以及其他中心向性中心借能来工作。当四个中心盗取了性能量而工作时，我们可以在一个人特别的"品味"、"癖好"，特别的"激动"、"热心"或反之，"多愁善感"，嫉妒与残酷中看出来。

性中心的能量在理智、情感和运动中心的工作可以从非自然状态引起的激动辨认出来。理智中心执掌思考的功能，但是用了性中心的能量就不只是忙于研究哲学、科学或政治学，它总是在对抗什么，争辩、创造新的主观的理论。

情感中心"感受"，感受欢喜的、悲伤的、愉快的、不舒服的，等等的情感状态；运动中心执行动作，如日常的走路、跑步或更复杂的体操、舞蹈动作等。四个中心又各有正负两个部分，而诸中心夺取了性中心的能，产生完全错误的工作和充满了无用的兴奋，然后反过来给性中心无用的能，使它根本无法工作。

情感中心用到了性中心的能，而宣扬宗教，禁欲、苦修或是害怕，恐惧罪恶，地狱，所有这些都以性中心的能量进行。或在另一方面它发动革命、暴动、杀人、放火，这也利用同样的能量。

而运动中心则忙于运动，刷新记录、爬山、跳高、跳栏、角力、打架，等等。

当理智、情感和运动中心使用性中心的能量时，总会有一种特别的热切，而所做的工作并没有用。

当性中心的能量被其他中心盗取而花在无用的工作上，它自己就所剩无几，而必须从其他中心偷取远低于它却又粗糙的能量。然而性中心对整体活动非常重要，尤其是有机体的内在成长。

我想起云游师父曾说过"把你和念头、情绪、想法，等等分别开来。"而分别开来的内在工作，是一件非常艰巨又精细的工作，是常人所难为的，非经一番坚忍的工作，才能明白啊！

毕竟认同的强大习性真的非常强大，它就像人溺于一股巨大的浪潮中，没有中流砥柱，只能随波逐流，随之浮沉而难以抵御。

这分别开来的内在工作，似乎和诸中心各归其位有关。而诸中心的不正确工作，使我想到修行中所谓"业障"二字。

清除各中心不当和错误的工作，让各中心各司其职，回到它自身的工作和机能，似乎仅是"进入门内"的准备工作而已。而这个准备工作，常常需要花数年甚至数十年的时间。因为，当各中心回到它自身的所谓"正常"工作时，可能会发现，某些中心却处于未被发展的情况，一个人可能会发现他的情感中心，只停留在五岁的幼稚状态，这时他就必须发展和工作他的情感中心，这样的工作也许要花上好几年的时间；而在这过程中，又必须与其他中心做"连结"的工作，使得各中心间可以互相了解。而这"连结"的工作，并不比发展一个虚弱的中心所花费的时间和努力来得少。

"身语意业皆清净"这句话常会听到修行的师父说过，"清净"除了有清除、扫除的意思之外，是不是也涵盖了"导正"、"建立"和"发展"的内在工作呢？

从"那只鹳"的体验中,"三个中心连结而工作才能产生了解",正是三个中心或身密、口密、意密正处在正常、各有其位、各司其职的状态中,"连结"为一体的具体显现。

由此或可得知,"空"并非凭空想象、感觉、冥想或不思不想中而来,而是从具体的锻炼和明确的工作而来的。空来自于三个中心的"清净"和紧密的连结时,一个人会体验到清楚分明,了然明白,和解除制约的自由感,或者说从一个纠葛的事物或状态中解脱出来的自在感。空与三个中心、身口意相关,身口意的实修又与体验到空相关。

天地与你共舞

除了四个中心和性中心之外,还有两个中心:"高等情感中心"和"高等理智中心"。这两个中心都在我们身上,已经发展完全,而且时时刻刻在作用,可是这作用无法达到我们普通的意识层次,原因就在我们自认拥有的"清晰意识"上头。

不同于四个中心,有正面、负面两个部分之外,这两个高等中心和性中心,都没有负面部分;理智中心的肯定与否定,是与否;运动及本能中心的愉快或不愉快的感觉。而性中心没有这样的分别,它里面没有正面和负面,没有不愉快的情感和不愉快的感觉。它要不是有愉快的情感和愉快的感觉,就是什么也没有,没有任何感觉,完全漠然。

高等情感中心和高等理智中心，让我与"慈悲"和"智慧"关联起来，而且"已经发展完全"，这更使我想到释迦佛在菩提树下成道时说，"众生皆有如来佛性"！这句宣言式的宣称，足以成为鼓舞追寻者的明灯指引，因为人人皆有的佛性，并非无中生有似的创造出来，而是发现！佛接着说"只是众生颠倒梦想，而不能成佛"；亦如临济义玄所说，"有一无位道人，时刻在六道门面出入"，似乎正与葛吉夫所言"时时刻刻在作用，可是这作用无法达到我们普通的意识层次"相吻合。因为，人有四种意识状态，"一是睡觉，二是我们称之为'清晰的意识'状态，"如果我们稍作观察，这第二种意识状态称作'醒着的睡着'，比较贴切。

第三种意识状态是记得自己、自我意识或自我存在的意识。我们通常认为自己具有这种意识状态，或者我们想要时就可以拥有，但是我们的科学及哲学忽略了这个事实："我们并没有"这种意识状态，也不可能只凭着渴望或决心就能产生。

第四种意识状态是'客观状态的意识'，人们可以看到事物的本来面目。人们偶尔会有这样的灵光一闪，各民族的宗教都指出这种意识状态的可能性，称之为"启蒙"（enlightenment），或其他种种不能用文字描述的名称。但是达到客观意识的唯一正途，是经由自我意识的发展。

如上所述可知，自我意识不就是警觉、警醒、觉知的存在状态吗？有所谓"以觉为师"者，不也是这种自我意识的锻炼功夫吗？

这两个高等意识状态："自我意识"和"客观意识"都与高等中心的作用有关。

换句话说，自我意识、警觉和觉知的训练，是建构一条通往与高等中心的连结有关的路，而且是"唯一的正途"。

如果一个普通人被某种人为方式送进客观意识的状态，然后再返回平常状态，他什么也记不得，只会认为自己失去意识，陷入昏迷状态。但是在自我意识的状态中，一个人可以体验瞬间的客观意识，而且事后能够记得。

第四种意识状态是一个全然不同的素质状态，它是个人的内在成长，是人透过长期艰苦工作自己得来的结果。但是第三种状态是人天生就有的权利，如果人没有它，只是受制于生活中不当的情况。毫不夸张地说，只有借由特殊的训练才可以使之变的恒久而固定。

真的，他说的一点都没错！自我意识的训练是一件非常艰苦、锲而不舍的工作，即使只是把觉知带入简单的走路、吃饭、睡觉、听和看，也会经历一种与强大习性"对抗"、"奋斗"和"挣脱"的体验。但是当一个人体验过客观意识时，即使只有一瞬间，他会知道两个高等中心时刻在作用，而日常的见闻觉知，即是妙有妙用啊！

当葛吉夫提到性中心的正确工作时，使我关联到密宗所谓的"拙火"修炼。

正确的工作自己要从"创造一个永久的重心"开始。当一个永久的重心创造好了，其余一切就各归其位，各司其职。性中心在创造整体的均衡和一个永久的重心上，扮演举足轻重的角色。依据它的能量，也就是如果它利用自己的能量，就相当于高等情感中心的层次，而其余的中心都从属于它。如果性中心能用自己的能量在自己的岗位上工作，所有其他的中心也都能在各自的岗位上，运用各自的能量工作。

"永久的重心"，似乎和下定决心，一路行去的"不退转"有关；而诸中心各自在自己的岗位上正确地工作，即是消除业障吧，我想。

不知不觉在达兰萨拉已待了月余，该准备回家了。当我搭上往帕坦科特的公交车时，那群快乐的孩子突然也出现在车站，向我招手再见，我知道他们为何如此快乐，却又不舍的原因，因为每次碰到他们，精神支持的 namaste 和关爱的眼神已经不够了，卢比，还是比较实际和管用的！你布施了钱财，同样的，受者也会布施快乐给你，两相受用，各有所得。

火车从北印度往东行驶，三天之后的傍晚，抵达充满活力的大城市加尔各答。在炎热的一个下午，坐在昔日遇见回眸一笑的小女孩的茶摊，品味着印度奶茶和五月的炎热。我想念家人、团员和行政优人，我的世界很小，认识的人也不多，但我知道，我带了"礼物"回来与你们分享。回望这次旅程，心有所感，于是随手提笔，为这次的旅行际遇写下感想：

踏八万里路

迁迁长袖舞里蹀

昂然不疑脚下步

观遍山海风雨

看花草修竹，与树木

听遍商征袅绕，回头

宜探微机深处

见非山非海，非风非雨

亦了无花无草无修竹，树木枯

商征不数不储

空无非无

翻身回转

天地与你共舞

佛法在世间，不离世间觉

　　离开印度后，我又重回曼谷考山路，这里的五光十色和熙来攘往的人群，依然如故。我信步走到路那一端的寺庙，殿堂里那幅"皱着眉头陷入深思的佛陀"的壁画仍在，往日初见时的震撼与启示，仍然历历在目；我又走到另一端，单帮客、妓女和走私贩毒盘桓的地方……

清晨，所有店家和声光都已卸下光彩，街上的垃圾、酒瓶、残肴散置于地，空荡的街上，只见行脚僧托钵化缘，善信男女以半跪的姿势供养食物、钱财，转眼之间，这条街似乎转变成庄严的道场。入世的喧腾和出世的清净，在同一个地方上演着。脑海顿时升起《坛经》里的偈语："佛法在世间，不离世间觉。""修道在人世，离世莫觅道。"

超然的佛法在二元对立的世界仍然存在，而寻觅者也在二元世界中体悟超然。"若觅真不动，动上有不动。"

入世中有出世之清静超脱，出世亦不离入世之动相腾腾。静中有动，动中含静。二元对立的世界，在此不但化矛盾为统一，更是浑然中"能善分别相"。

考山路似乎正是这样的写照，庄严清静与喧腾狂欢于同一地俱现。而声色欢腾时，我特别喜欢看着蜷缩在街旁一角的老狗，不理不睬的拙意，径自睡去，如老僧入尘世般，于动中入娴静之境。出世入世，不相违背。

世间本就是二元对立的相对世界，善恶、美丑、天堂、地狱、悲喜、苦乐、爱恨情仇、富贵贫贱……有高有低、有上有下、有长有短、有显有隐……当然，有生，必也有死。有善必有恶，有恶，也必有善；我们居住的这个人世间，二元现象之触目皆是，是为必然。

除恶，善亦灭，扬善，恶亦显。相对的一方灭去，另一方并非彰显，而是，同时灭去。"去恶扬善"这个观念、想法，是人的幻觉之一。

相对的一方，总是互相给对方存在的力量。一方存在，另一方必在，一方失，相对的一方亦无立锥之地。也许是人这个有机体中的四个中心，有正面、负面、主动与被动之命定，而产生世间二元之相吧。反正，恶尽善亦尽，善泯恶亦泯，而世间，仍然是相对的二元世界。

改变世界的想法，立意良善甚至带着梦想和梦幻，但我们身处的这个"离绝对者非常遥远，在宇宙的位置可说是偏僻边陲的地球"，葛吉夫如是说，"地球并非宇宙的中心"，人，也非万物之灵，人要工作，甚至努力耕耘才能存活在这个地球世界，而二元对立是"宇宙律则"在我们居住的世间所显现的现象之一。

我们都知道，一个人改变自己都很困难，却企图改变别人，改变周遭环境，甚至改变世界！这是否也是人类的幻觉之一呢？我深思之。

然而，考山路的喧嚣与庄严可以并存，行脚托钵僧的道场与红尘不即不离，彼此同在，却也不觉背离妨碍。清晨的化缘行脚，与随即而来的声色光影亦不相妨碍；行者自行脚，声色自声色，各有分、各有界。

"百花丛中过，片叶不沾身"，林谷芳老师如此说过。

"道与一切市井买卖，不相违背。"

"恶"除尽，"善"，要放在哪里呢？何不如把善恶，对立的彼此，揉而为一，浑然而互成。

看着熙来攘往的人群在考山路上穿梭，而在一旁径自熟睡的老狗，不理凡尘色相，忽有感，而做：

形形、色色、真真、假假、哭哭、笑笑

宣逐金逐利争俏

不提菩提与开窍

谁言出世

夜里入世猫狂叫

如是非是,半醉半醒奈何桥

破黎托钵行脚人

轻衣一袭步履巧

问,谁愿过桥?

真心几人要?

众生芸芸谁能识

珍珠猫狗难分晓

(此章楷体字体段落摘自《探索奇迹—认识第四道大师葛吉夫》)

优人传承

在长时间云脚中,心渐渐安于当下步履,
十几天后演出《听海之心》,
这批继承的团员,开始创造出属于他们的《听海之心》了。

刘若瑀在自修的三个月中，接触了密宗的修行法门，我也渐渐地跟着一头栽入。密宗除了前行、加行、仪轨、观想之外，最令我印象深刻的是咒语的修持与唱颂，咒语不只供人依持，如漂泊大海中，赫然望见灯塔般的安笃，也增强持者勇往直前的信心，同时唤醒藏在深处，潜睡着的如爱慈悲。我忽地顿然若有所解当日云游师父回答那人有先持诵咒语的回答，"除非，你有意识地。"依赖与依持，实有莫大的差别啊。（渴望糖果、玩具和就地品尝糖果和玩具），而咒语不仅声音优美，在不断地唱念中，让人升起浑然一片与坚定向前的力量。一番修持后，于是我们就以咒语为音乐，以文殊师利一手持剑、一手持经，以如剑之智慧破除烦恼无明，而生智慧坚心的意象，创作了"持剑之心"，也开创了以长棍击鼓的新表演形式。

来年，以"持剑之心"为基底，再发展而创作了《金刚心》。饰演剧中勇士的我，手中之长棍动作，衍生自武术的枪棍刀剑，不拘一格。时而举棍望远，如若远眺苦修林，遥想那人渡河而来的情怀转化，时而劈棍欲斩，截断诸念欲窥见荒原寻蛇之荒谬。而准提神咒（唵折隶朱隶准提梭哈）层层堆栈，不同的节奏和速度交互融入，则是取自菩提树下，风吹树叶之飒飒，与来自各地朝圣者在菩提树下敬献礼赞的梵唱声，急缓快慢同时交错交织的意象而来。

而若瑀在马祖外岛闭关36天，于诸念消融后，又体验心念复临，喟叹而说出"我坐着，就只是坐着，眼前突然出现一片光，我看见我，许多的我，许许多多的我！"的感怀，而创作出与准提神咒交错繁复，如身置黑夜的蛮蛮荒原，"拨草寻蛇"的荒谬和哭笑不得的戏剧高潮。

而密宗老师"以水入水，以光入光，以空取空，以金刚取金刚"的偈语，为《金刚心》点提出全剧的玄关处。《金刚心》就在咒语、鼓声、长棍和戏剧的张力下，以禅宗的"一棒如金刚王宝剑"、"一棒如探竿影叶"、"一棒如距地狮子吼"、"一棒不作一棒用"的偈语中，勇士最后放下手中之剑，以金刚手印的舞蹈，默然而终。

首演后，《金刚心》继《听海之心》之后，成为优的另一个经典作品。

来年，在纽约下一波艺术节演出《听海之心》，以及接着的《蒲公英之剑》之后，阿晖、阿海、秀妹、博仁几位老团员，有意离团。不知不觉，他们或多或少也已待了近十年了啊！该是"下山"发挥人生另一个舞台的时机矣。而小琳、阿努拉留下来继续着山林中年如一日的工作，支撑住剧团的演出质量和分担了演员的部分训练。

在这青黄不接的时刻，想到有一次，剧团在亚利桑那州图森（Tucson）一次座谈，一位观众提问，"你们有传承的计划吗？"

新血小优人

从没想过这样的问题，一时让人语塞！多年来，剧团一直维持着12位团员左右的规模，初入者则相互试之，没有一纸合约或口头之定，有的进团一两年后离团，就召考新人递补，来一个就训练一个。在训练和创作的繁复工作中，的确没有考虑更长远的传承计划。而在《金刚心》之前，剧团仍在艺术和道之间上下摸索，实无余力更想他事。

几位老团员离去的中空现象，除了急切地招募一批新血以为继之外，也招募年龄层更小的小优人，做更全面的培训。毕竟，再过十年，余下的老团员也年事渐大，亦需新的力量加入，而艺术家之养成，又非一日一年之功所能竟。

小优人在周末两日全天集训，除击鼓外，还有钢琴、西洋打击、武术、体操、神圣舞蹈的训练，以"身体"、"音乐"和"静心"，所谓的优人三打，打鼓、打拳、打坐之外，更严密严谨而含概中西的全面训练。

而同时，一批将毕业和刚毕业的年轻人，每个星期，三个晚上的拳术和击鼓训练，以及星期天半天的神圣舞蹈。如此训练一年，二十来人中，最后也仅国忠、雅伦、盈慈正式入团工作。

两年来，每遇国际性邀演，总会邀请阿晖、阿海、秀妹、博仁回团支持，毕竟他们有十年的功力，非新进者一两年之功所能比拟。除了技术的掌握之外，其中之一就是"功"。功又非一朝一夕所能成，非得在漫长时间中不间断地用功琢磨、点点滴滴累积而来，骗不了人，更蒙不了明眼人的眼睛。

过一年，佳谦、桂兰、品岑入团。没多久，书志、钦雄也相继进团工作。这批新人的加入，让剧团有股活力继续往前。他们工作稳定、待的时间也够长，渐渐地成为剧团里的中坚力量。秀妹、伊苞离团在外闯荡两三年后，也回到剧团工作。而后来，伊苞更是只身进入彰化监狱，教收容人击鼓。优人的训练系统，加上她的耐心爱心的付出，半年之后，每个收容人的面相变得柔软。

如有神助

自体验空以来，让我在创作音乐时如有神助，就如当年写诗随手拈来，常常不假思索也不预作设想，在一片空无中，一念动，旋律或节奏就从心中汩汩而出。排练《禅武不二》时，刘若瑀的故事剧情编到哪里，音乐就跟着编到哪里，如禅的"暮鼓晨钟"、"日常事务"、"劫狱"的张力等，作品编完，音乐也写完了。这个作品如此，尤其是取自诗的文字意象为文本，以葛吉夫神圣舞蹈为发想的"与你共舞"更是如此。我把当年的印度际遇，在火车上遇见的"盲眼吹笛人"、瑞诗凯诗恒河边的"吟游诗人"、达兰萨拉鹰飞蝶舞，峰峰自孤的"无碍"、曼谷考山路清净庄严和喧闹狂欢不相妨碍的"全然的生活"、意志坚定，赤足行脚的"托钵僧"，以及空无非无的体悟，以翻身回转为意象，"天地与你共舞"不断回旋的舞蹈，编作了这个作品。

当"盲眼吹笛人"的悲伤意象从一片空白中升起，悲伤的音符就在心中出现；"吟游诗人"以特定的序列移位，如恒河之水的流动，松柔延缓的动作，诉说一种特殊的情感状态……这个作品编作完，动作和音乐也同时一起完成。

除了锣鼓的打击音色外，我也尝试了钢琴、笛子、大提琴、小提琴，旋律以不断循环反复，类似极限主义（Minimalism）的手法，而谱出音乐。

在创作这个作品时，时而专心于音乐的谱写，动作就从音符中自行冒出来似的，时而转化神圣舞蹈的动作和所谓"序列"（sequence）时，读出动作中蕴含的音乐性，音乐就这样流淌而出。

工作这个作品的过程中，让我体会到"动作即音乐，音乐即动作"的互存关系，两者虽然形式不同，但却是不可相分，我中有你，你中有我的交融，只是一显一隐；显中有隐，隐中有显，一如"形式即内容，内容即形式"的互为一体。

动作是音乐的可视化，音乐是动作的听觉化。体会到动作与音乐的不可截然二分，使我对其他的艺术形式有了更进一步的了解。

音乐是艺术的灵魂。一幅画，线条色彩是音乐；一篇文章的抑扬顿挫，起承转合是音乐；雕塑是音乐，建筑是音乐；乃至四季的变换，一日之时程，无非音乐。只是音乐不只在声音中，而在艺术的本质中。甚至一棵树的生成，一个人的成长衰微，生活中的起起伏伏，否极泰来，泰极否来，都和音乐有关。

因为，广义的音乐和不变的"律则"有关。

山岚缥缈

第二年，与北市国乐团合作《破晓》时，有幸近距离聆听和领略国乐的韵味，让我亟欲尝试国乐器的音色与鼓的结合。于是，在旺盛的创作力驱使下，心中迫不及待有股往前探索的好奇心，而着手创作《入夜山岚》。

那时，老泉山上因为修缮，优人有两年时间没法在山上工作，我常常缅想着山上的景物与四季的自然现象。

春天来时，是蝴蝶告诉我们的，初夏至，桐花盛开，炎暑的雷电骤雨，雨后的山色青翠和清凉，芒草花带来的秋意和冬天冷冽的寒风细雨，清冷而萧瑟；乃至夕阳将暮，一日之作毕已，迈开轻快的步伐下山时，清越虫鸣与萤火明灭，穿梭于叶间林木……多么令人怀念啊！

尤其是有一年，山上演出《听海之心》，台风天后的西南环流，大雨骤来骤止，而恰好演到击锣的《听海之心》时，一抹山岚不知从何而来，轻柔无息地蔓延到正不停旋转的男演员身上。曲终不知何如，又悄无声息地缥缈而去……

终于回到山上工作，有感，而作《入夜山岚》，也为自己的山，写下音乐和诗，感激老泉山让优人依循，也孕育了优人的艺术境界。山不高，但离尘索居，得一方清幽。时而居高望远，望台北的高楼栉比与入夜前的灯火渐明，感海市蜃楼般的如幻如实。眼前之万户灯火,如山冈之来去无踪,不可羁握。

  着一裙近乎无色
  如丝绸般的透然
  激情不起来的步数 踮起
  又无声息地漫漶
  遍山虫唧
  更加深了宁静的量感 尤其
  鸟已归巢 蛇
  隐蜷于穴
  丛间树影间隐隐作响的沙沙声
  许是最后一尾蠕动的身躯
  就着月色归去

  近乎无色透然裙摆
  大剌剌地乘风遨山
  渺渺而轻盈回舞
  嶙嶙风骨如山 亦当
  化绕指低吟于花前

  趁银色的乐章未歇

最后蠕动的芳踪已然归穴之前
　　你　隐于月？隐于
　　荒山？旷谷？林间？竹影？　还是
　　虚漠孤绝之于空？

　　谱写《入夜山岚》这首音乐时，以山岚来无影去无踪的特性，从空白的小节开始，不设前提。一念方动，旋律即从无中生有，层叠而出，乐句甫生方落，另一乐句又从落处生起，如此这般一句衔一句，更迭而至。谱写完时，心中不禁惊呼"到底是怎样写完的！"也不知所谓的灵感是怎样来的，只觉由空而生一、一生二、二生三、三生万物般自然生成。这样的创作状态，犹如当年在创作"流水"时，不强求，也不攀索，有就有，没有就没有。就这样，每天一点点，每天走一小步、一小步，然后发现，水终于流入大海。

扎扎实实接住了棒子

　　2008年的50天云脚台湾，是使新血年轻团员得以在技术和功力趋于稳定的关键，从台北老泉山走到台东，演出此行的第一场《听海之心》时，发现团员在长时间的云脚中，心渐渐安于当下步履。十几天后演出《听海之心》时，技术与素质渐渐平衡，这批继承的团员，开始创造出属于他们的《听海之心》的能量了。

何其欣喜！

时至今日，除了秀妹、阿努拉、伊苞之外，雅伦、国忠、盈慈、桂兰、品岑、书志、钦雄，已是剧团里坚实稳固的基石。感念他们在青春的岁月里，奉献理想与热忱；在工作中难免有诃骂责难，但内心深处，对他们是非常尊敬的。尤其更重要的是那年秋天，优人再次应纽约"下一波艺术节"之邀，成功演出《金刚心》后，他们终于扎扎实实的，接住了接力棒！

纽约回来，有一段稳定的日子，没有创作的压力，每日如常地在基本功下功夫后，我就和团员分享第四道的理论，希望补足理论的清晰。由理而行，由行而契理。因为，"知识"和"素质"一样重要。

而有些小优人，转眼已届高中，于是，剧团与景文高中合作创立"优人表演艺术班"，培训有志投入表演的孩子。也希望多年后，有人，再扎实地传承。

繁忙的训练，排练和演出，加以学生与外界的合作型创作，如"破晓II"、"1433"以及"听障奥运"、"百年跨年"、"花博舞蝶馆定目剧"等大型活动，身心颇为忙碌，心中偶尔会飘掠再去印度的念头。而有一次，恰巧有两个星期的空档，时值盛夏，菩提迦耶酷热难当，只好到更北端的拉达克和克什米尔。虽然巧得的假期很珍贵，但时间不长，修法略有进展，就已是归期了。

直至2011年的"时间之外"巡演结束，已觉身心萎顿，于是毅然决然放下工作，去印度休养生息，整理身心。

我知道，只要时间够长，印度，会给人新的养分的。

1. "拨草寻蛇"为优人神鼓作品《金刚心》其中一个曲目。
2. "盲眼吹笛人"、"吟游诗人"、"无碍"、"全然地生活"、"托钵僧"、"与你共舞"均为优人神鼓作品《与你共舞》中的曲目。

再见印度

站在蜿蜒的恒河边,
从上游到下游,从宗教到生活,
一一俱现生命的众多面相。
人的一生就在恒河里浓缩示现……

深夜，抵达新德里。

出了机场，不假思索搭上出租车，背包客都知道，靠近康诺广场（Connaught Place）的主集市（Main Bazaar），是繁华商业区也是平价住宿的地方，而且靠近火车站。打算就此夜宿一晚，第二天买车票去菩提迦耶。而司机却把我载到城外的旅客服务中心，说德里过了午夜12点宵禁，不能入城。我顿时傻眼！我向中心的人请求，帮我雇一辆电动三轮车，试试看能否入城找到任何旅馆。不知道是不是真的宵禁，只见四周没有一人，德里安静的深夜，让人觉得一丝恐怖和诡异。路上问了几间旅馆，都称说已客满。无奈之下只好折回旅客中心。间或，一二游民，在路边生火取暖，此时中心的人好心地帮我再查找旅馆和火车票，甚至机票，得到的结果不是客满就是一票难求。他建议我今晚去邻近的阿格拉，并且说有司机专车接送，以及一日游，并保证可以订到去菩提迦耶的车票，当然，所费不赀。我心中想，如果是这样，何不旧地重游，从阿格拉到瓦拉纳西，而菩提迦耶！于是欣然接受建议。

专属的司机在半夜的公路上，疯狂地飙车，他超车的技术已达F1赛车的水平，吓得我一路上难以入眠。

我和他说："我不急着到阿格拉，你可以开慢一点，安全最重要。"

他说了"OK"之后，车速慢了下来，但不到几分钟，司机又恢复拼命三郎的状态，飞快疾驶。我只好瞪着疲惫的双眼，不敢入睡。

终于，惊魂甫定得到了阿格拉，已近破晓时分。

事后我才明白过来，凡是深夜抵达德里的旅客，都经过这样类似的"宵禁"体验，据说是印度最新，而且是"合法的"欺骗手法。

虽然有不得不上当的无奈，但是当我看到泰姬陵的恢宏壮丽在眼前时，感动之外，却被一股无暇纯净、肃穆宁谧的力量所震慑！一股安定和散发出不知何以形容的魔力，顿然使昨夜的惊魂全然无存，把阿格拉拥挤忙乱的市嚣和残破的市容抛诸脑后。

啊，20年前初访时，正是这样一模一样的感受，啊！再20年，或百年、千年后，我想，泰姬陵的摄人魔力应该相同吧！它静静地矗立于查穆纳河边，静静地述说着一段凄美的爱情故事……而泰姬陵的建筑构造所散发的氛围，却使我想到葛吉夫所说的"客观艺术"。

葛氏描述一次在伊朗旅行时，他发现了一座奇特的建筑，好奇地进去，参观完后，他发现他的感受被改变了！原来的心情被改变为悲伤的感觉。第二天，他再度进去，再次发现他的感受和昨天参观后的悲伤感受一模一样！于是，他站在一旁，观察其他参观者出来后的神情。

他观察到所有人，不论是生气、忧愁或快乐欢喜，从这座建筑物出来之后，都有着相同的悲伤神情和感受！他非常的惊讶，这栋建筑何以有如此奇特的力量，能改变一个人的情感状态？于是他再度进去，仔细地观察和感受。他赫然发现建筑内的结构、线条、色彩……的巧妙组合，和建造这座建筑的创作者"有意识"地创作下，恰如其分地传递出"悲伤"的力量，而使得凡是进入这个建筑的每个人，都体验到"悲伤"的感受。

"这就是'客观艺术'",他说,"它并不随创作者主观的心情、想法而创作出来。"

创作者利用元素,精准巧妙地建构创作出所欲传递的信息,一如同一本书,一尊湿婆神的雕像,一幅曼陀罗、唐卡等,中国的太极图,何尝不是如此。一幅太极图,蕴藏了无尽的道理,千百本书亦述说不尽。

撇开泰姬陵的凄美故事背景,它的设计结构、色彩和线条,正是使它永远传达出相同感受的主要关键。泰姬陵的创作者一定知道沙贾汗丧妻的心情,恰如其分地把一颗泪珠永留在查穆纳河边……

专属司机千辛万苦地穿越阿格拉又是汽车、摩托车、驴车、马车等众声交织的车水马龙,好不容易突围出来往火车站而去。猛一回头,一轮落日悬垂在阿格拉的广袤平原,令人怔然入神,难以置信喧嚣与宁静仅是一线之隔。

当回到睽违20年的瓦拉纳西,这个印度教永远的圣城,一切似乎没什么改变。站在蜿蜒的河边,内心却升起奇异却难以言说的感受,你会体验到复杂而矛盾的心理状态。宗教的庄严,宁静的恒河日出,沉思的婆罗门,苦行的萨都、朝圣的虔诚,河边捣衣的日常、死亡的悲伤、欢愉又庄严的庆典音乐……上游到下游,从宗教到生活,都一一俱现了生命的众多面相。人的一生似乎就在恒河浓缩般地示现，使得来到这里的旅人，或多或少都体验到，生命的矛盾。

生命何其矛盾，只是我们不觉。我们的心理机制似乎创造了"缓冲器"，使得一个人不愿面对和逃避矛盾吧。

顺着河流走到焚尸场，死亡的真实与残酷，毫不掩饰地就裸露在眼前，使人无法闪躲生死如隔的宿命。

不禁想起当年心中升起那句强而有力的质问，"生命的终极意义到底是什么？"

这句话，犹如参禅，没有标准答案。就只能一个人，在疑惑之火的团团燃烧中，孤独地攀索，孤独地找到只属于自己的答案。没有人可以为你解答。

围观的人和静静地看着婆罗门举行仪式后举火的亲人，神情肃然，无言的沉默犹如一股如雷的震撼暗地里漫流。生者不知压抑住悲伤，还是庆幸死者火化于圣河的祝福，蹲踞着的姿势和无语似乎涵盖了更多难以阅读的言外之意。

每个亲睹这眼前无可遁逃事实的人，似乎可以感知死亡正逼视着生命，生命也正凝视一道难以跨越的天堑。

而沉默，是此刻共同的语言。

世间有许多不平等，对每个人，死亡，都一律平等相待。没有人可以陪你，去经历这不可预知的时刻，也没有任何世间珍宝可以交换。

你必须一个人，孤独面对。

当死亡来叩门的时候，没有人知道生命将往何处去。所有伟大的理论，和对死亡、死后的研究，都显得无用和渺小；学理的论说，或者，仅仅是对生者的自我抚慰吧。

你必须一个人孤独面对！

而沉默，是此刻生者与死者共同的语言。

火光越燃越炽，心中突然有种触动，眼泪已悄然在眼眶打转。而不远的巷弄，却响起婚礼的欢庆音乐……

离开焚尸场，不知是黯然神伤、喟叹生命的有限，抑或是对死亡的无能为力与无所遁逃的必然，你会带着沉重的沉默，不想说话。

只想静静地看着自己。

好好地，想想自己。

全然地，和自己独处。

清晨五点半，伊斯兰教的呼唤声从市井传来，唤醒该起身祈祷的信徒，如风轻抚的磁性声音也唤醒了我。

走向河边，顺着记忆，不经意走到昔日卖茶人的地方，啊！不可思议又恍如昨日，卖茶人仍在同一地卖茶！屈指细数，他至少也卖了20年了啊！未来，他应该也会继续，直至终老于恒河吧。只是，他那善巧玲珑与恒河同名的小女儿呢？

"她已经嫁人了，生了一个小男孩。"他说。

看着他已苍老的脸庞,喝着一杯茶,静静地看着远方,静静地等待着日出的惊喜惊叹,这是多么熟悉的情景与心情!

一别20年,此刻正体验20年前同样的光景,何其的奇异奇妙!我不知道下次什么时候可以再来,或许,我不会再来,或许,有幸重临,但不知道还能不能看见你在河边沏茶的身影?

心中不禁慨然。于是,随手拿起手机,以记录的心情,记录卖菜人一生如一的身影。

一辈子似乎很长,但是一个人的一生,似乎就只能,"做一件事"。这一件事做到底就多少与道相谋矣。

世局变迁迅捷,我不知下次造访是何年何月,生命难料,也许,这是此刻最后一次于斯土,何不此时此刻即是最后的当下。过去了,就永远不复来临矣。就随意记录眼前久违的印度吧。

天刚破晓,河边已聚集了很多人,沐浴净身,祈祷唱诵、冥想,以及静静地等待日出。

河中船影点点,轻舟划过尚未苏醒的恒河。

一片淡蓝天色里,一轮旭日从远方薄雾漫漫的树林缓缓升起时,一种难以言喻的庄严神圣、宁谧和虔诚,也随日出渲染开来,令人屏息,凝神、不语,仿佛正聆听一首圣洁又无限生机盎然的音乐。

橘红的光彩,如一个音符接着一个音符,悠缓地晕染在河面和初醒的大地。刹那之灿烂,天地间就充满了无限的喜悦,无穷的希望!

随日出,心中也不期然升起这股如希望般盎然。

恒河日出,何等奇妙啊!

看着赶在日出前即静褥于河水中的信徒,若有所解,原来,初升的阳光,带给人一种不可言说的奇妙!

初醒的晓光,我看到宗教般的庄严、宁静、虔诚和喜悦。也许,我们只需静静地观赏日出,不带任何见解地就能领略所谓宗教情怀。

也许,我们不需要庙堂。

因为,神,也许并不在那里。

金色的阳光在水面跳动,仿佛跳着一支生生不息的舞蹈,此刻,就只想深深地凝视,不想说话,也不想自己。

渐渐地,凝视的目光扩散开来,没有专注的焦点,就可以看到整条河的壮阔。

河水自远方奔流而来,不息的流动流出了伟大的文明。

流出神话、宗教、文学、诗歌,和曾经强盛的帝国。

也流出信仰,和宗教买卖……

是否,也流出巨大而无法撼动的集体想象、投射和被催眠的洪流?

信仰是心灵的依托,而相信,是最廉价的信仰吧。

啊!恒河日出,何等奇妙啊!

也许，我们不用借助神话，就能领略到它本身的美。

如果把神话、宗教和文学的想象搁于一旁，也许我们可以看见这条壮阔美丽的河，既不是神圣的，也不是不神圣的。

如果它是神圣的，万事万物都应该是神圣的。

如果它不是神圣的，那么，万有一切都将平凡无奇。

河流有起点，有终点；在印度人的深层意识，恒河没有起点，也不会有终点。

金色的阳光已转变成璀璨的银光，在河面上继续轻快的舞蹈。

阳光正逐渐散发出热力，河岸边涌进更多人，人们相继走入河中，亲自领略恒河的神圣。有的吆喝着一起在水中净身，有的在喧哗人群中独自合十祈祷，有的找到一处无人所在，孤独地凝视自己，有的在完成仪式之后，仍然坐在岸边，默默祈求，或怔怔地望向远方。

更上游处有人浣布捣衣，有人沐浴净身后，顺便也把衣服洗一洗，有的刚起床，走到河边刷牙洗涮。

沿着河岸走，瓦拉纳西似乎已经完全苏醒，吹蛇人的音乐响起，总是可以聚拢好奇的人群；萨都以各种瑜伽姿势吸引人来人往的目光，有的萨都只是坐在一角或面向恒河，诵念经文或者禅定冥想，不顾众声喧哗，径自做着自己的功课。

放眼望去,整个河岸就着宏伟的寺庙群,显得热闹缤纷,活泼有趣、饶富生命力。嘈杂如市的恒河岸边,定神体会,每个人似乎都有自己内在独自的宁静和空间,自外于形色和世俗,只属于他自己和恒河的私密对话。

而这份自身的独处,是瓦拉纳西最精彩的。

也许是第一次,一个人卸下面具与自己真诚的恳谈。

恒河,给了印度人生活的依靠,生命的归宿和精神上的归依。几千年到现在,这个圣城仿佛还处在日出般的状态,带给印度心灵无穷希望。

信步走到一处开阔的广场,一群孩童正快乐地溜滑轮鞋。一对衣衫褴褛的兄弟,应该就是印度阶级里没有任何地位的所谓贱民吧。哥哥牵着弟弟的手,迎着朝阳,入神地看着正兴高采烈,在地上滑翔的孩童。

我被这对兄弟全然入神的神情、如此享受当下和专注的眼神所吸引。突然间,孩童当中最小的小孩,控制不住滑轮,摔倒在地,这对兄弟噗的一声开怀地笑了起来,那无邪快乐的笑容,在朝阳下竟如此令人动容!我也跟着他们一起开怀笑着,但感动的眼泪,却已情不自禁地流了下来。

在这个国度,你们一出生,就面临了无所选择的生活困顿,衣食无着,甚至没有遮风避雨的一个家,你们注定可能愁苦悲哀地过一辈子,但你们却有选择快乐的权利。

你们的笑容仿佛宣示似的说，快乐，和贫富无关。反而，简单。全然地融入当下。

如果快乐、喜悦是宗教体验的稀有素质之一，此刻你们开心的笑颜，即是宗教性的自在。

入神的专注是最好的祈祷，开怀的笑是最好的沐浴净身，安然地享受当下，就是生命最好的依归。

在困苦艰辛处仍然不失快乐喜悦，是庄严虔诚最神奇的神圣示现。

傍晚时分，凉风习习，穿过火葬场的腾腾火光，走到更下游处的渡口，漫天飞舞的鸟正当归巢时，而这里却是瓦拉纳西最安静的地方。静静地坐在这里，静静地，缅怀云游师父，那天同渡一舟送你去喀希车站，其实是你渡我一程吧。

感念你那天晚上毫不留情的棒喝，以及送我一把开启内在宝藏的钥匙。我不知道你云游到何方，但你的教导已种在心田，永难忘记。

傍晚的风有些凉意，夕阳落山之际，泼洒出最绚丽辉煌的光辉，是世间的色彩所不能比拟。

缤纷色泽渲染了宽广的河面，瞬息变幻，天地间弥漫着一股宁静感。

最生动灿烂的光辉与不断弥漫的宁静，共生共存，最后，终于融为一体。

暮色终于黯淡下来，一只归鸟掠过水面，正飞向回巢的方向。

从迦耶坐了马车，沿着尼连禅河，穿越宁谧乡村，一如往日的足迹，悠缓地回到菩提迦耶。

十年不见，这里的变化很大。尤其是缅甸寺庙附近，已成交通枢纽，人潮往来不绝。沿河的道路，商家林立，已不能随意走到岸边，远眺苦修林。

近年开通了曼谷至菩提迦耶的国际直达航线，加上摩诃菩提大塔已申录为世界文化遗产，每天来此的朝圣人潮和观光客数量倍增，昔日小镇的悠然不复存在，如今已是拥挤不堪，空气中弥漫着匆忙杂沓的步履，以及所扬起的漫漫尘沙。

我找了一处比较宁静的村落和一大片油菜花、稻田，牛羊马猪狗、白鹭鸶随地出没的地方，安顿下来。

走进菩提大塔，虽然人潮如织，川流不息，颂念经文的声音亦此起彼伏，但每个来这里的人，在纷然中似乎都有自己的寂静处，无言地与佛相视。

坐在菩提树下，依然可以感觉有种氛围，在尘世之外……

清晨，趁着凉意和行人稀落，去大塔走走。塔外的广场，我看见一个小小的身影，全身包裹着布，身前放着钵碗，一动不动，孤独寂静地坐着，清晨温暖的阳光下，竟透着一股莫大的摄收力。

她大概是菩提迦耶最小的乞丐了。

我安静地把卢比放在钵中，她惺忪地睁开双眼，有些不知所措，然后腼腆而开心地向我一笑。

不知怎的，我的眼泪忍不住流了下来……

我喜欢看印度的市井小民，看着看着，却可以在他们身上看到一种生命的活力。

有时，不经意间，可以读到经典隐藏不说的道理。

她坐在那里，不修禅定，却如此放松地安静安然，不入而入的安坐着。

走在路上，满脸皱纹的老车夫，回首向你粲然一笑，顿然间就领悟文字语言之外的东西。

泥地里哼着一首轻快曲调的小女生，穿过油菜花正盛开的田野，走到村里的学校。没有大喜、大悲的跌宕起伏，倒是如晨曦般有淡然的愉悦心情……

走进乡野，蓬勃朝气的阳光无私地遍洒在一片绿油油的田地，母猪带着小猪奔驰在田埂上……

啊，地上冒出许多不知名的小花，在微风中轻轻摇曳！

看着看着，念头就消散无踪了。

如果我们只是静静地观赏一朵花，也许，我们就学会无言的交谈。

我以为住在这个贴近自然、远离尘嚣的地方是一种至福。殊不知隔壁的一户人家，有七个小孩。在房间里静坐时，不时会传来小小孩"呼天抢地"般的哭喊，歇斯底里的号啕，以及妈妈不耐烦的嘶吼。

我想，可能是孩子生病了，才会如此声嘶力竭吧，而天底下又有哪一位妈妈不曾嘶吼过呢？过两三天吧，也许孩子病愈，这家人就会恢复正常了。

之后的两三天里，声嘶力竭、嘶吼以及其他大小孩的嬉笑怒骂之声，不时从窗外穿透而来，而且次数颇为频繁。直至晚上九点之后，这户活泼人家的所有声音，才渐归沉寂，晚风遂将虫嘶蛙鸣和宁静气息，从田里吹入房间。

经过一整天的轰炸，此刻的静寂，如饭后的甜点，无比甜美。

三四天后……声音的轰炸未曾稍歇，而往后的五六七八九十天……乃至天天，都是如此！我认为的"不寻常"，对这家人而言，其实是"正常"不过。这是他们日常生活中"正常"的沟通和表达的方式之一。

无奈之余，只好压抑住胸中怒气，修持忍辱波罗蜜吧。但效果不彰，仍然常被突如其来的嘶吼和号啕声所惊吓。

每天入夜，万籁俱寂，这户人家总会归于沉寂，晚风又会将田地里的虫嘶蛙鸣和宁静气息，吹入房间。啊！心头清凉的滋味，真美好！

如此过了许多天，我已不期望号啕和嘶吼会突然消失，但又不想搬离贴近自然乡野的这里，就只好默默地于轰炸声中继续用功。直到有一天，正打坐时，忽地传来隔壁工人正在敲击墙砖，发出非常低沉的声音，仿佛熟悉的鼓声，一声一声有规律地击打着，非常引人。于是循声，仔细聆听……聆听……聆听……每一声击打犹如直击心扉。

心轮就像一道封锁已久的大门被豁然击开似的，刹那间，我听见了周围很多、很多、很多的声音……远的、近的、前的、后的、渐近的、渐远的、大声地、小声地，此起彼伏，夹杂交错着，清楚分明，又同时俱在。

车子驶过的呼啸声、喇叭声、引擎声、脚步声、行人交谈声、电话铃声、汤匙锅碗落地声、水滴声、牛吼羊咩狗吠声、鸟语、风声……以及我那"可爱又可恨"的邻居的呼天抢地和嘶吼和号啕声……

此刻周遭正在发生的声音，同时在心轮处一一映现。众声一时间响起，如同交响乐的诸种乐器交相演奏。所有声音在犹如"一面镜子"般的心轮来去、生灭。不即也不离，不迎也不拒，不接也不避，不取亦不弃，任其自行来去，自行解脱！

只是聆听……聆听……

聆听……

安然地不向外，也不向内，只是单纯地，谛听十方……

而同时，也看见了如"一面镜子"般的主体，反映着升起灭去的诸种声音尘相。

慢慢地尽闻不住，能闻而不动。身体内外，在这样的聆听中，不知不觉地，就连结为一了。

自从这个体验之后，我"那可爱又可恨的邻居"再如何的呼天抢地、声嘶力竭和嘶吼，我也可以再不受其扰了。

偶尔，号啕声中，甚至可以听见远方寺庙传来梵唱的声音。

这个季节无雨,天空总是万里无云,显得非常透彻和辽阔。干涸的尼连禅河,只剩下洁白的河床,岸边远眺,你可以清楚地看到,此岸与彼岸是相连的。无论清晨傍晚,信步走到油菜花田,一大片绿意盎然,缀上黄色点点的花,心里就会升起宽阔的喜悦,随着望不到尽头的菜田,心意可以一直延伸、延伸……

黄昏时,落日已缓缓地沉入地平线,绚丽夺目的光彩真是迷人。田里有一个偌大的池塘,把此刻的缤纷都反映在无波的水面,使得天上的光彩在如镜的地上如实映现,上下如一。

池边有一棵挺拔的大树,在开阔的田野里,显得异常巨大高耸,看着看着,就会看到它背后有股生生不息,活生生的力量,如同看到"创造"的源头。细心聆听,会听见一股宁静的声音,随着夕阳余晖,正不断地扩散,蔓延开来……

你同时会看见自己,在这里。

就在这里!

乡间小路穿梭行走的人,趁着余光,往回家的路上。

牧羊人把散落在田野和沼泽的牛群赶回牛栏,妇女头上顶着牛粪、稻草或日用食品,穿过田间蜿蜒的小路,往回家的路上。

暮色随孩子的嬉笑声,哭声和奔跑的欢愉声,也渐渐地消失在回家的路上。

所有该回家的都已回家了。

夜悄悄地降临大地。

晚风轻吹,四周一片寂静。

村里的声音已寂,而菩提大塔的人潮,如恒河之水,川流不息。听说一场大法会在即,信徒如过江之鲫,从世界各地蜂拥而来。金刚座前,菩提树下,显得更为匆忙拥挤。人们脸上的神情安详,似乎正沉浸于内心深处一个属于自己的宁静角落,希望与佛相视,蒙佛加持。

我在想,人是因为"相信",还是从小耳濡目染,而逐渐深化成坚固的"信仰"?还是心有所求,而来到这里?

而相信,比信仰还廉价。

无信仰不得其门而入,而信仰,又如一道隔屏般,入不得其门。

信仰是最初入门之引,心灵之依托,却有可能是悟道之障,是不是该由信仰而契入于"信"呢?

行者如梭,如潮般一波又一波地汹涌而来。金刚座前,菩提树下,匆忙又拥挤,人们脸上如是安详、沉浸……

菩提迦耶之于佛教徒,是否一如恒河之于印度教徒,浸濡在一股巨大而无法撼动的"集体想象,投射和被催眠"的洪流中?

我想到丹霞烧佛的故事。

入门之前,一个人似乎必得对自己的生活和生命叛逆,反叛和革命!这是通往了解之前必经的阵痛。路,从来不是平的。

了解,就是自己对自己的革命。

缓急起伏的颂唱声里,风吹过菩提树,发出飒飒之声,有人把吹落的树叶捡起来,收在怀里。

有人把树叶捡起,经过精美的加工后,贩卖信仰。

夜,越来越沉寂,菩提大塔的人潮随夜色渐退。

所有该回家的,都已回家了。

沁凉的晚风轻吹,月色虽已隐没在光害中,叶尖,没有泛泛流光泄下。你可以听见,四周,一片寂静。

一片寂静……

《在印度,听到一片寂静》读者调查

感谢您参加本次读者调查活动,传真或邮寄此页(附购书小票)回编辑部,即可获得神秘礼品一份(数量有限,赠完为止)。参加此次活动者还将通过邮件不定期收到时尚生活编辑部最新出版信息,敬请期待!

Step1 您的基本资料

姓名:_____ 性别:□女 □男

年龄:□20岁及以下 □20–30岁 □30–40岁 □40–50岁 □50–60岁

电话:_____ E-mail:_____

学历:□高中(含以下) □大学 □研究生(含以上)

职业:□学生 □教师 □公司职员 □机关 □事业单位 □媒体 □自由职业

Step2 您对本书的评价

您从哪里得知本书的信息:

□书店 □报纸 □杂志 □电视 □网络 □亲友介绍 □工作坊 □瑜伽馆 □其他

读完这本书您觉得:

内容:□很吸引人 □还好 □枯燥(请说明原因)_____ □您的建议_____

封面设计:□够酷 □还好 □没注意 □不好(请说明原因)_____

□您的建议_____

价格:□偏低 □合适 □能接受 □偏高 □您的建议_____

Step3 您的建议

您喜欢哪种类型的书籍:

□经管 □心理 □励志 □社会人文 □传记 □艺术 □文学 □保健 □漫画
□自然科学 其他_____(请补充)

您不喜欢哪种类型的书籍:

□经管 □心理 □励志 □社会人文 □传记 □艺术 □文学 □保健 □漫画
□自然科学 其他_____(请补充)

您给编辑的建议:_____

地址:北京市东城区东四12条21号 中国青年出版社时尚生活编辑部
邮编:100708 传真:010-57350335

请沿虚线剪下装订寄回,谢谢!